DE: MÍ PARA: MÍ

La tormenta pasará

EDICIONES DÉJÀ VU

La tormenta pasará

De: Mí
Para: Mí
La tormenta pasará

@nacaridportal @chrissbraund

Editorial Déjà Vu, C.A
J-409173496
info@edicionesdejavu.com
www.edicionesdejavu.com

Dirección de arte
Elías Mejía

Ilustraciones:
Chriss Braund

Maquetación
Chriss Braund - Nacarid Portal - Elías Mejía

Diseño de portada
Juan Barrios

Edición y corrección:
Altagracia Javier
Deilimaris Palmar
Romina Godoy
Suhey Canosa
Verónica Verenzuela

ISBN: 9786287606456

Este libro es...

Para los que se perdieron y no saben cómo volver a casa.
Para los que dejaron de creer en el amor.

Para los que alguna vez han querido rendirse,
pero siguen levantándose cada mañana.

Para ti que has dudado, que perdiste la confianza, que cuando te despiertas te da igual, que solo existes manejándote en una sucesión de segundos que crees perdidos..., pero no lo están.

Para ti que crees que nada puede ser mejor:

Yo también sentí pena de lo poco que había conseguido. También quise darme por vencido y lo hice muchas veces, pero de eso se trata este viaje. En el que conseguiremos hablarnos a nosotros mismos, y en esas palabras, encontraremos los motivos para convertirnos en una mejor versión.

Tú no llegaste a este libro,
este libro llegó a ti,
y todo tiene una razón,
ahora solo debes encontrarla.

Querido viajero:

Si estás leyendo esto es porque encontraste la caja y decidiste salir de tu zona de confort para hacer este viaje, que es solo el comienzo. Es ir al nudo y atreverte a desatarlo. Es encontrarte con el problema y con tus miedos en vez de seguir huyendo. Este es el primer sobre con las cartas y los mapas que te llevarán a diferentes lugares y sensaciones. Sigue las instrucciones y recuerda: viajar no solo es dirigirte a un sitio. Los mejores viajes son los que hacemos por nuestro interior.

A lo largo de tu camino tendrás que despedirte para poder recibir. Tendrás que perdonar para volver a amar. Tendrás que entenderte para ser capaz de entender a otros.

Y ahora que vas a ir rumbo a tu primer destino, quiero contarte la historia del león temeroso. Ese, que mientras viajaba se extravió en la sabana africana. Ese, que llevaba más de veinte días perdido, con hambre, pero sobre todo con sed y tuvo que enfrentar sus miedos. Él necesitaba un milagro para sobrevivir y se encontró con un lago. Corrió sediento a beber, pero cuando estuvo a punto de sumergir su cabeza en el agua, se encontró a otro león protegiendo el territorio, y le rugió no una, sino muchas veces. Se enfrentaron a rugidos, pero se sintió exhausto, y en vez de acercarse, decidió huir muerto de hambre y de sed.

Al día siguiente, volvió al lago, pero terminó huyendo al encontrarse a su oponente. Entonces entendió que debía enfrentar al león, o no sobreviviría. El calor era insoportable y necesitaba hidratarse para seguir de pie. Su vida dependía de ello.

Se levantó sabiendo que si no bebía agua, sería su último día. Avanzó directo al lago y sintió pánico cuando estuvo frente al león, pero incluso con miedo decidió hacerlo.

Sumergió la cabeza en el lago esperando un ataque, pero en ese instante se dio cuenta de que el león que tanto le asustaba ya no estaba. Había desaparecido.

El león confundió su reflejo con un rival temible, porque en ocasiones el oponente más grande que tenemos somos nosotros mismos.

Esta es mi primera carta de viaje y te cuento esta historia porque la mayoría de los miedos están en nuestra mente. Muchas veces al enfrentar eso que parece tan grave, nos damos cuenta de que no era para tanto. Reconcíliate contigo y no seas tu enemigo, sino tu aliado para alcanzar cada meta y superar cada dolor.

Dile adiós a los pensamientos destructivos y vive el proceso de encontrarte hasta que estés preparado para regresar a tu hogar.

Posdata: Igual que el león, sé que un día entenderás que puedes ser tu impulso y no tu obstáculo.

DESTINO 1

LA CIUDAD DEL ADIÓS

¿Alguna vez has tenido la sensación de que nada tiene sentido? Te despiertas, desayunas, cumples tu rutina, te duermes, y así siguen los días, mientras el mundo avanza, pero tú estás estancado. Así me siento y por eso alquilé una furgoneta y voy a recorrer varios destinos siguiendo las pistas que hay dentro de la caja llena de sobres y de sorpresas. Sí, parece extraño y un poco absurdo, pero decidí tomar el riesgo y no tengo ni idea de adónde voy a parar, pero algo me dice que cuando regrese, no seré el mismo.

Mi nombre es Nick, y no sé qué va a pasar ahora, pero me voy para hacer las paces conmigo, pero sobre todo... me voy porque necesito sentir que, de algún modo, ella me acompaña.

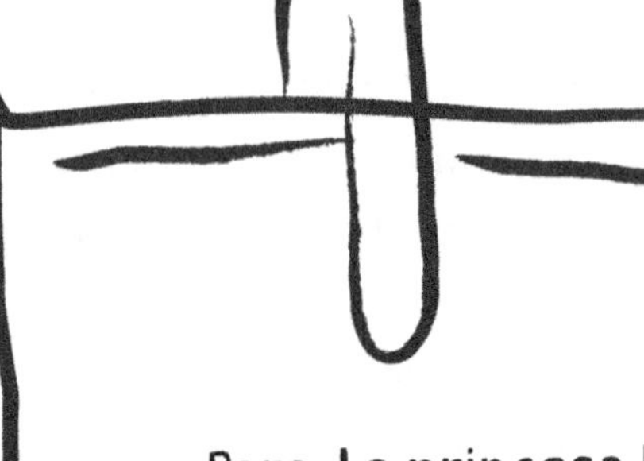

Para: La princesa Emma.

De: Tu hermano Nick.

Me voy en busca de un tesoro, pero no será para siempre. Necesito un tiempo para estar solo porque quiero ser un mejor hermano mayor para ti, y por eso hago este viaje. No te estoy abandonando, al contrario, tú y yo siempre estaremos juntos. Te prometo que cuando regrese volveremos a ir al parque todos los viernes, y te llevaré a tus clases de ballet.

Hazle caso a mamá y haz todas tus tareas.

P.D.: Esta muñeca es para que la abraces cuando me extrañes, te la regalo con todo mi amor.

NickZeta.

EL MOTIVO DE MI VIAJE

Día 1

Desde que mi abuela murió siento como si una parte de mí también se hubiese ido. Ni siquiera sé cuándo me descuidé tanto, pero ahora soy solo las sombras de alguien desconocido del que no me siento orgulloso. Lo único que me motiva es mi hermanita Emma. Es esa persona que logra hacerme sonreír, incluso, cuando estoy destrozado por dentro. Por ella es que quiero ser mejor y decidí hacer este viaje.

¿Alguna vez has sentido que lo perdiste todo? ¿Como si todas las cosas malas te pasaran a ti? A mí todo me pasó junto. Perdí a mi abuela, a mi novia y a mi amigo al mismo tiempo.

Danna podía no ser perfecta, pero ¿quién lo es? Estuvimos juntos por dos años, pero un buen día se cansó de mí, y en vez de decírmelo, decidió acostarse con quien se suponía era mi amigo. Cuando la conocí tenía veinte años. Estábamos en un evento de la universidad. Yo estaba tomando fotos y la fotografié a ella. Era la más hermosa de todas. Bailaba como si el mundo fuera a acabarse y yo no pude dejar de mirarla. No tomé una, sino muchas, hasta que se acercó a mí: «¿El mejor jugador de fútbol dedica su tiempo a capturar momentos, en vez de disfrutar su fama?», fueron sus primeras palabras y me quedé prendado a su sonrisa descarada y a sus ojos desafiantes. Ni siquiera respondí, y fue Danna la de la iniciativa. Me cogió de la mano para llevarme casi corriendo hacia el salón abandonado del piso seis.

«Ahora quiero que fotografíes esto», fue lo que dijo una vez que entramos, y luego de cerrar la puerta se subió la camisa dejándome ver sus senos. «Me gustaría más si fuera una fotografía mental, una que acompañas con el tacto», volvió a decir, y me olvidé de la cámara para concentrarme en su cuerpo.

Tuvimos sexo sin tener nuestra primera cita, y seguimos teniéndolo desde ese día hasta que nos hicimos novios. Pero cuando nos enamoramos, no vemos los detalles ni las alarmas, o tal vez las vemos y preferimos omitirlo por enfocarnos más en lo positivo.

Sé que todavía no me conoces, pero estás conociendo una parte de mí a través de las letras, a través de pequeños recuerdos de los momentos que me han llevado a este punto. Hace unas semanas cumplí veintidós años, y fue el peor cumpleaños de mi vida. Todavía recuerdo a mis padres y a mi hermana cantando frente al pastel, sin dejar de preguntarme dónde estaban mis amigos y mi novia. Salí de casa fingiendo que tenía una fiesta sorpresa, pero en realidad caminé sin rumbo. Mi mejor amigo Leo, quería que celebráramos y me propuso hacer una fiesta, pero ¿qué iba a celebrar exactamente? Mi vida es un completo desastre y por eso quiero unir las piezas. Quiero conseguirme, pero así como el día de mi cumpleaños, siempre que me busco, intento buscarla a ella, y no hablo de Danna, sino de mi abuela. Murió hace poco y todavía sigo engañándome pensando que despertaré y todo esto será una puta pesadilla.

Voy en mi octavo semestre de audivisuales, me gusta la fotografía, el cine y el fútbol. Conseguí la beca deportiva y soy el capitán del equipo. Empecé a jugar a los cinco años y estando en la cancha mis pensamientos cesan, pero cuando salgo de ella, vuelvo a la realidad: Mi novia engañándome con el que pensaba era mi amigo, y mi abuela falleciendo un día después de descubrir el engaño.

Todo pasó junto y aunque tuve a mi mejor amigo Leo, y a todo el equipo apoyándome, fue inevitable no querer a Danna a mi lado, un abrazo suyo, o un simple mensaje que dijera: «lo lamento mucho». Pero ella ni siquiera fue al velorio.

Las siguientes semanas fueron tan complicadas, que precisamente eso fue lo que me motivó a tomar el dinero de las fotos que he vendido a algunas revistas y hacer este viaje.

Ahora intento calmar mis pensamientos para liberarme de tanto odio, porque aunque traté de aguantarme, golpeé a Iván sin cesar después de un partido y casi voy a la cárcel por ello. Ni siquiera me siento orgulloso de haberle partido la cara. Tampoco de que tuvieran que agarrarme entre cinco para que no lo matara. Yo no soy eso. Pero su engaño y su cinismo lograron sacar mi peor versión.

Bienvenido a mi historia.

Estoy hecho mierda. Y quizá cuando sientas que estoy motivándote, solo estoy tratando de creer mis palabras.

Vaciaré mi alma no con lo que ya sé, sino con lo que me gustaría poder decirme. Leerás sin un orden, leerás lo que soy, pero sobre todo: Lo que no soy, pero quiero llegar a ser.

Nick Zeta.

De: Mí
Para: Mí

Todo llega en su debido momento. No tengas miedo de lo que estás viviendo, ni de las tristezas, ni de los cambios, porque todo pasa por algo, aunque no sepas por qué. Recuerda que eres suficiente, que lo que es tuyo ni la tormenta más fuerte logrará alejarlo.

A pesar del miedo

Admito que tengo miedo de intentarlo. Que a veces veo la meta tan distante que pienso que no voy a llegar. Y no sé cuántas veces me ha costado levantarme de la cama, repitiéndome una y otra vez todo lo que podría salir mal. Ahora entiendo que el miedo siempre estará allí, y que debo seguir adelante a pesar de él.

No sé qué va a pasar mañana, pero hoy estoy siguiendo adelante sin que el temor a fallar me frene.

A PESAR DEL MIEDO EMPIEZO A CREER QUE DESPUÉS DE ESTE MAL MOMENTO, VIENE EL MEJOR DE MI VIDA.

ME LO REPETIRÉ UNA Y OTRA VEZ HASTA CREÉRMELO.

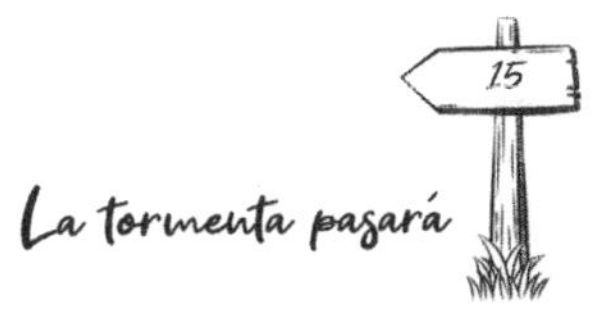

Decirte adiós...

Fue lo más difícil que he hecho,
y es que hay amores que llegan
a desordenar todo a su paso
y luego se van dejándonos solos
en medio del caos.

Aunque no me enseñaste
cómo vivir sin ti,
no me arrepiento
de quererte como lo hice.

Me dicen que tal vez era apego,
que quizá no era amor,
pero te amé como a nadie,
aunque al final
terminó en adiós.

Léeme cuando te sientas cansado

Aunque sientas que
el final de la escalera está muy lejos,
cada escalón cuenta.

Deja de preocuparte por las distancias;
no estás compitiendo.
En vez de pensar en todo
lo que no has alcanzado,
mira hacia atrás y siéntete orgulloso
por lo que has logrado hasta ahora.

Lo estás haciendo bien,
ahora solo tienes que creértelo.

Un viaje a ninguna parte

Es mi tercer día de viaje y decidí subir una montaña empinada hasta un pueblo ubicado en un páramo. La frustración me quema con cada rayo de sol, y miro al cielo tratando de conseguir respuestas. ¿Qué hay después de la muerte? Es lo que me pregunto, y tengo que detenerme. Mis piernas no pueden más, y me cuestiono si de verdad soy capaz de hacerlo.

—Cuando la muerte llega, no hay nada que podamos hacer, más que ser fuertes —escucho una voz, pero no hay nadie. Estoy exhausto, empiezo a dudar de mi cordura, y, de nuevo, vuelvo a escuchar—: Lo que queda después de la muerte es el entendimiento. Lo mismo pasa cuando una relación se termina —dice, y por más que busco, no veo a nadie.

—¿Entender qué? —pregunto al aire, ofuscado.

—Entender que nada te pertenece, que todo ha cambiado, que es el curso de la vida y que no tiene una explicación —oigo decir y las lágrimas caen por mis mejillas—: Cuando pierdes a un ser querido se va formando un vacío en tu interior que no se llena con nada, pero no se trata de llenarlo, sino de aprender a vivir así. Todos cumplimos un ciclo, pero la magia existe y aquellos a quienes quisimos nunca se van del todo, aunque no los podamos ver.

—¿Quién eres? —pregunto al aire.

—Eso no importa. Lo importante es que el ave por fin ha salido del cascarón. Has desplegado tus alas y pronto las agitarás hasta más no poder. No tengas miedo. Tus pies se elevaron del suelo, pero tu corazón sigue en la tierra porque está atado a un pasado que ya no está. Es tiempo de soltar, de vaciar el equipaje y de seguir... seguir incluso, cuando sientas que ya no puedes más. El viaje apenas comienza.

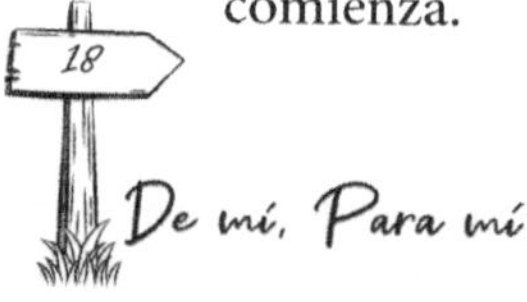

Alguien dijo una vez:

«Hay un tipo de tristeza que no te hace llorar. Es como una pena que te vacía por dentro y te deja pensando en todo, y en nada a la vez. Como si ya no fueras tú, como si te hubieran robado una parte del alma».

La tormenta pasará

ES COMPLEJO QUE LA PERSONA
QUE TE HIZO TAN FELIZ
SEA LA MISMA QUE HOY
TE HA HECHO PEDAZOS.

POSDATA: ES MEJOR LLORAR Y SUPERAR, QUE QUEDARTE DONDE SOLO SABEN ROMPERTE.

La tormenta pasará.

NO CONFÍES EN EXCESO,

ES MÁS SATISFACTORIO

SORPRENDERTE

QUE DECEPCIONARTE.

De: Mí
Para: Mí

LÉEME CUANDO TE DUELA LA DESPEDIDA

ES PREFERIBLE ESTAR SOLO,
A SEGUIR PERMITIENDO
QUE TE HAGAN DAÑO.
ES PREFERIBLE UNA
CAMA VACÍA, A QUE VACÍES
TU ALMA CON ALGUIEN
QUE NO SUPO VALORARTE.

ES PREFERIBLE QUE ASUMAS
EL DOLOR DE SU AUSENCIA,
A QUE TE AUSENTES DE TI,
DE TU AMOR Y DEL CARIÑO
QUE DEJAS A UN LADO
CUANDO TE QUEDAS
CON UNA PERSONA
QUE NO TE RESPETA.

En lugar de olvidarte

En lugar de olvidarte, quiero abrazar nuestros recuerdos sin que duelan, y convertirlos en un aprendizaje. Todavía no puedo. Todavía me dueles, pero en lugar de olvidar, buscaré la forma de perdonarte y soltar. Era necesario lo que sucedió.

En tu vida yo fui esa chispa que nunca logró convertirse en llama. Me viste apagarme y buscaste encender otra, y ahora quiero hacerme fuego, sin depender de ti, sin apegos, y por eso te digo adiós.

Viajando al pasado - Nick Zeta.

Era la final de fútbol y lo recuerdo como si fuera ayer. Tú estabas animándome y yo concentrado, nervioso, dudando, pero no por el partido, sino por lo que pasaría después. Le pedí ayuda a Iván, y me respondió: «No cuentes conmigo para mariconerías», ahora entiendo la verdadera razón por la que no quiso hacerlo.

Fue mi amigo Leo, el que luego del partido, cuando ganamos por dos goles míos, hizo lo que le pedí y reunió a todo el equipo. Todos juntos cogieron la pancarta de la primera fotografía que te tomé bailando en el evento de la universidad. La había impreso en una gigantografía, y me ayudaron a extenderla en el campo de fútbol. Era tu foto, y yo estaba allí, sin miedo, guiándome por el amor, sintiéndome afortunado de que me hubieses elegido y preguntándote frente a todos si querías ser mi novia. Verte correr hacia mí, y decirme que SÍ, emocionada, fue uno de los momentos más lindos de mi vida.

Siempre me dijiste que querías una propuesta a lo GRANDE, y suspiré aliviado, porque lo había hecho. Te había hecho feliz.

No sé cuándo sucedió, no sé cuándo dejaste de quererme y tus ojos dejaron de mirarme. No sé cuándo mis manos no bastaron y mi compañía comenzó a sobrar hasta que tuviste que recurrir a otro. No sé por qué no te bastó conmigo, pero hoy, lo que más quisiera es una respuesta. Aunque, si soy honesto, lo que en realidad quiero... es a ti.

Y dicen que debería tener amor propio, que me engañaste, que debería odiarte. Que el olvido debería ser inmediato, pero me fui lejos, y aun así, sigo preguntándome en qué momento fue que dejaste de amarme y dejé de ser suficiente para ti.

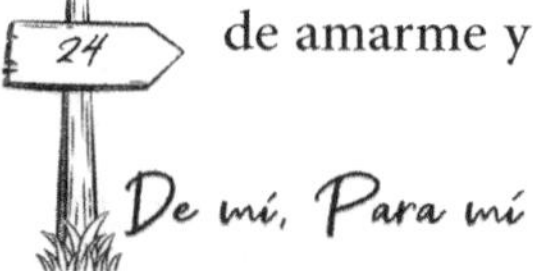

Un día fuimos...,
pero ya no

Desde que te conocí presentí que serías de esas personas que tienen la palabra «DESPEDIDA» tatuada en la cara, y aun así, me animé a dibujar un nuevo comienzo, otro día, una bienvenida, un nosotros.

Y por cada adiós tenía cien «HOLA» para comenzar, o para que duráramos otro atardecer, otra fotografía, otro beso. Pero dejaron de gustarte las cosas que antes amabas de mí. Como las tardes en donde me hacías saltar las reglas para coleccionar momentos, para fotografiar tus ojos, para verte bailar sobre el césped, dando vueltas y diciéndome... ¿puedes vivirme un poco más?

Confieso que te viví. Que no puedo mentir y decir que no fuimos. Fuimos, y me sacaste del encierro de mi mente, pero no fue suficiente. Siempre me dijiste que era extraño, que en ocasiones no me entendías. Lo entiendo.

Fuiste mi OJALÁ.
Lo que quería que fuera eterno,
y se acabó en un despertar.

Y dicen que TODO PASA, pero, mientras pasa,
te lleva por delante aplastándote por dentro.

Ni siquiera te culpo, aunque espero que un día me busques, para poder decirte: ***Un día fuimos, pero ya no.***

DILE A TU MENTE:

QUE CADA DESAFÍO ES TEMPORAL.
QUE SALDRÁS DE ESTO.
QUE VENDRÁN MEJORES DÍAS,
QUE POCO A POCO,
LA TORMENTA PASARÁ.

Cuando no confíes en ti, recuerda que una parte de tu interior sí confía. Podemos tener días difíciles, pero eso no define nuestra vida. Podemos sentir tristeza, pero eso no significa que estemos derrotados.

Yo también estoy destrozado. Te hablo porque quiero recordarte y recordarme que de las tristezas más grandes nacen las flores más bonitas. Que no habría verano sin invierno. Que el sol debe ocultarse para dar paso a las estrellas, sin olvidar que en la oscuridad, siempre se esconde un poco de luz.

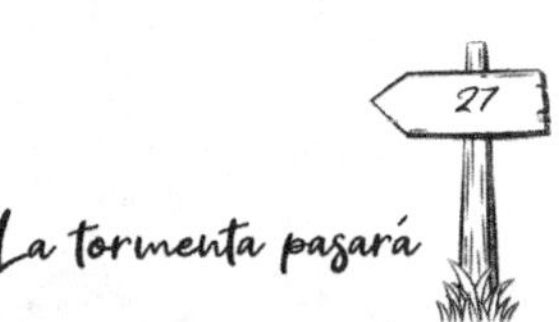

NO ME HE IDO DEL TODO

Sé que mi ausencia te pesa.

Sé que no estabas preparado, y que tus días no son como antes.

Te he visto llorar, y es cuando más quiero estar contigo.

Quizá piensas que la vida se acaba, que no vas a poder sin mí a tu lado, pero vas a hacerlo.

Estoy en un lugar de paz, pero cuando voy a visitarte, me duele tu dolor. Me duele que, por sentir que me perdiste, termines perdiéndote a ti.

Volveremos a vernos. Entiende que solo me fui un poco antes, pero mi alma está contigo. Nunca te voy a olvidar.

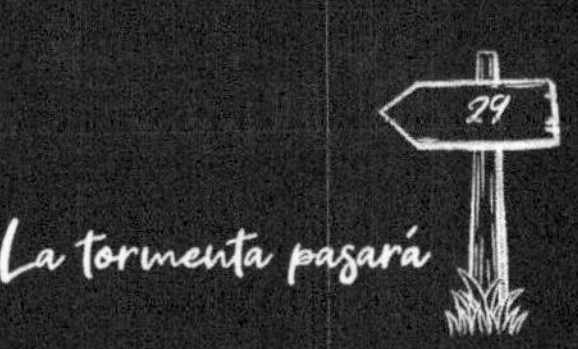

LÉEME CUANDO TODO VAYA MAL

Hay una gran diferencia entre estar cansados y tirar la toalla. Es natural que el cansancio haga que desvariemos. Que algunos problemas ameriten calma, porque algunas soluciones nacen del descanso, de poner la mente en frío y buscar la solución.

Tirar la toalla es desistir, es dejar que nos gane el desánimo, es permitir que el hecho de sentirnos derrotados en una batalla, haga que no queramos participar en las demás. Y la pelea más fuerte es ahí, en nuestra mente. El lugar en el que podemos tomar la decisión de no dejarnos persuadir por los problemas. El sitio en el que conseguimos paz y fortaleza. El templo para que nuestras ideas fluyan y sepamos hacia dónde queremos ir.

Si queremos algo y es tan grande para hacernos sentir que nuestra vida tiene un propósito, créeme que ni el tiempo, ni el dinero, ni las derrotas, ni los problemas, pueden arrebatárnoslo.

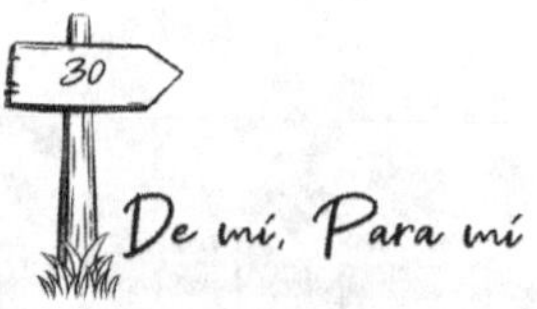

CAMBIAR NO ES MALO...

Te dirán que cambiaste, que no eres el mismo, que están decepcionados.

Te dirán que extrañan al viejo tú, que no les agrada en lo que te has convertido, y tratarán de hacerte sentir mal. No te preocupes. Todos cambiamos. Aquellos que se mantienen igual a lo largo del tiempo, son esos que no evolucionan. Sonríe y sigue. Aquellos que de verdad te quieren seguirán a tu lado, y muchos se irán al ver que no consiguen nada de ti.

POSDATA: DEPURAR TU ENTORNO TAMBIÉN ES UN ACTO DE AMOR PROPIO.

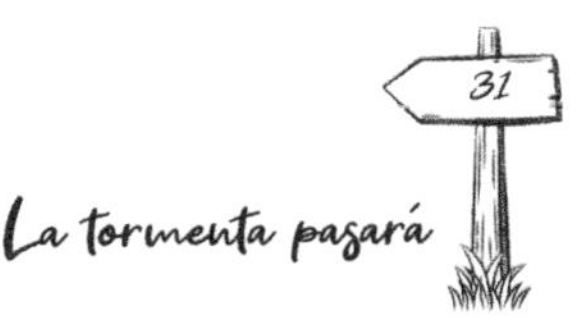

Me regalaste una historia,
pero como en todas,
siempre hay un final.

A veces las cosas terminan,
y piensas en lo que te faltó,
en lo que no dijiste,
en lo que pudiste hacer.

Donde estés, quiero que sepas,
que nuestra historia se queda,
que vive conmigo.

Que no me ataré al pasado,
pero cuando voltee lo haré sonriendo,
por el simple hecho de haber podido coincidir.

Tú y yo no estamos juntos hoy,
pero una parte de mi alma
siempre extrañará a la tuya,
aunque no te vuelva a ver.

EL ÚLTIMO ADIÓS - NICK ZETA.

Viajando al pasado

Me quedé dormido con mi abuela sobre las once de la noche, y a las dos de la mañana falleció. Todavía recuerdo la forma en la que observaba su cuerpo sin vida. Quería quedarme con ella, pero saqué a mi hermanita de la casa para que no la viera así. Estaba durmiendo y la desperté con la tonta excusa de una fumigación de emergencia. Después de dejarla en casa de su amiga me fui conduciendo, y las lágrimas comenzaron a caer por mis mejillas. No podía asimilarlo. Aparqué el auto y golpeé el volante una y otra vez. ¡Había muerto mi madre! La que me cuidó cuando mi mamá no estuvo. La que se quedó conmigo cuando nadie más lo hizo. Con quien hablaba todos los días. La conexión más fuerte que sentí con alguien se había ido, y con ella, una parte de mí también murió. No supe qué hacer luego de su muerte, pero mi hermanita me necesitaba y días después le dije que se había mudado al cielo, que ahora viviría en nuestros corazones, eso y toda la mierda que decimos para intentar sentirnos mejor. Ella me preguntó por qué Dios nos la quitó, y le pedí que no se molestara con Él, aunque yo dudaba de su existencia, y si existía, ya estaba odiándolo por llevársela.

Quise llamar a Danna, y lo hice, pero no respondió. La persona que amaba, mi amigo y mi abuela, los tres se habían ido.

Pensé que iba morir del dolor, pero no lo hice. Sigo de pie, aunque todavía me cueste respirar y todos los días tenga conversaciones en voz alta, repitiéndole a mi abuela, todo lo que no le pude decir.

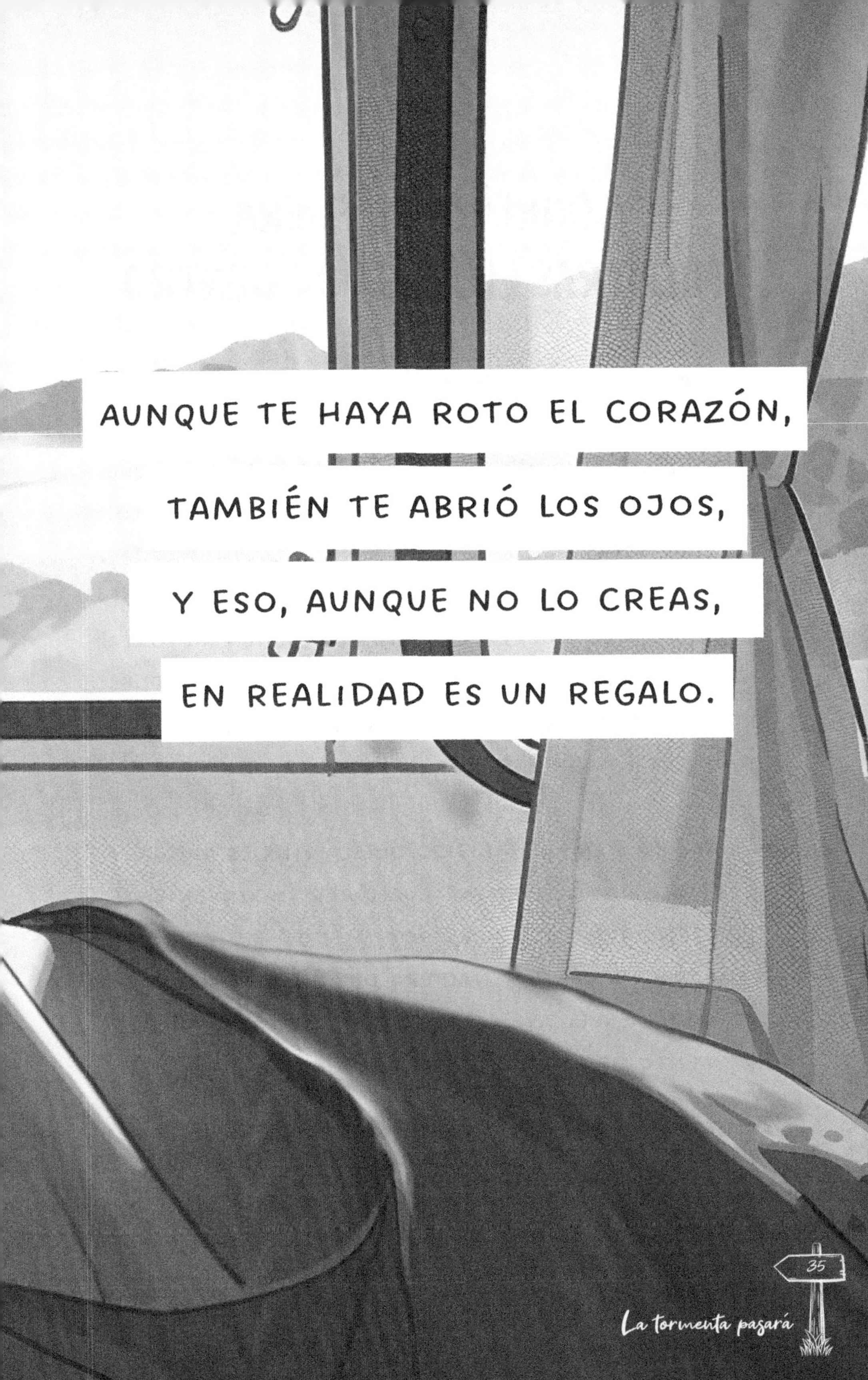
AUNQUE TE HAYA ROTO EL CORAZÓN,
TAMBIÉN TE ABRIÓ LOS OJOS,
Y ESO, AUNQUE NO LO CREAS,
EN REALIDAD ES UN REGALO.

SONREÍR POR FUERA MIENTRAS LLORAS POR DENTRO

Y PASA QUE A TODOS LES MUESTRAS UNA SONRISA, PERO TU ALMA ESTÁ TRISTE. FINGES QUE TODO ESTÁ BIEN PORQUE SON TUS PROBLEMAS, Y PORQUE PIENSAS QUE A NADIE MÁS VA A IMPORTARLE, PERO NO ESTÁS SOLO.

HAY MUCHOS QUE NOS SENTIMOS IGUAL. HAY OTROS COMO YO, QUE QUIEREN DECIRTE QUE VIENEN MEJORES OPORTUNIDADES, Y MEJORES PERSONAS. QUE PUEDES REINVENTARTE, QUE LOS MALOS MOMENTOS SON COMO TÚNELES: NO SON ETERNOS.

MI ABUELA SIEMPRE ME DIJO QUE LA VIDA ES AHORA, Y QUE PODEMOS SOLVENTAR CUALQUIER INCONVENIENTE Y POTENCIARNOS DE NUESTROS MIEDOS. ME DIJO QUE LLORARA, PERO QUE RENACIERA DEL DOLOR PARA CONVERTIRME EN EL AVE FÉNIX QUE CONSIGUIÓ EL MEJOR MOMENTO DE SU VIDA, LUEGO DE TOCAR FONDO.

Y HOY TRATO DE CREÉRMELO. TRATO DE REPETIRME, QUE POCO A POCO, VOLVERÉ A ESTAR BIEN.

DE: MÍ
PARA: LOS DÍAS DIFÍCILES

Algunos días te sentirás triste, solo, vacío, y sin motivación. Pensarás que nada tiene sentido, pero no es cierto. Las transformaciones más grandes vienen acompañadas de un terremoto, de una sacudida, de un fuerte impacto. Y no, no voy a decirte que no dolerá, porque hay días más duros que otros, pero sí quiero que sepas que todo va a ponerse en su sitio, o que tal vez tú tengas que ponerlo en ese lugar al que corresponde. Es mentira que será fácil, pero es verdad que solo tú puedes arreglar el desastre. Las tormentas no son eternas, y estás en el lugar correcto, aunque no vaya como esperabas, poco a poco vas a estar bien.

Estás haciendo lo mejor que puedes, perdónate, suelta los miedos, ámate con tus imperfecciones, no dudes de ti. Deja que se vaya lo que tenga que irse. Suelta a quienes te soltaron y sujétate a ti que pronto verás de cerca el amanecer.

DICEN QUE
CREER QUE PUEDES,
HARÁ QUE PUEDAS.
Y AQUÍ ESTOY
CREYENDO EN MÍ,
UNA VEZ MÁS.

PUEDE QUE TARDE,
PERO VOY A LOGRARLO.
SÉ QUE SUCEDERÁ.

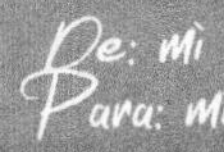

ESTA NOCHE
QUISIERA PODER
VER UNA ESTRELLA FUGAZ
PARA DESEAR
EN OTRA VIDA
VOLVERTE A ENCONTRAR.

Vienen
mejores momentos,
mejores personas,
mejores épocas
y mejores proyectos.

Vienen
mejores días,
y lo que hoy
te asusta
será solo un
recuerdo.

ALAS ROTAS

Y mientras te olvido, he decidido recorrer el amor a cuatro estaciones: el dolor, la rabia, la aceptación, y la sanación. Quizás no podré sanar en 30 días. El amor es más complejo que eso; aunque mis amigos dicen que tengo el capricho de amarte, que siempre hablo de ti y que al día menciono quinientas veces tu nombre. Dicen que busco mil razones para quedarme, y que cuando logro irme, al final, siempre vuelvo a ti.

Ahora me voy. Ahora tomo la vida entre mis dedos, la empuño y me apropio de ella. Te dejo los trozos que me robaste. Ya no me pertenecen. Ya no encajan en las grietas que quedaron en mi corazón.

No te culpo. Fui yo quien aceptó migajas por aferrarme a ti. Fui yo quien olvidó que las estrellas brillan mejor en la oscuridad y me dejé seducir por tus sombras.

POSDATA: Hoy deshago las cuerdas que me atan a ti. Me libero de mi miedo a la soledad y emprendo el vuelo con mis alas rotas, pero listas para sanar.

Cuidar de mí

Muchas veces me hicieron creer que tenía la obligación de decir que ***sí,*** y me preocupaba por todos menos por mí. Ayudaba y daba incluso cuando no podía o no tenía, y nadie se preocupó por ver si me faltaba algo o si estaba bien, sino solo en pedir y pedir, hasta llegar a molestarse cuando decía que no.

Y un día entendí que cada quien es dueño de su vida, y debe encargarse de velar por sí mismo. Que puedes ayudar y apoyar a otros cuando te nazca, pero no sentirte una mierda cuando en realidad no puedas hacerlo.

Una persona que te quiere no solo está allí para proveerte lo que necesitas, sino para escucharte, para compartir momentos. Así que un día dejé de confundir con amigos a personas que solo me pedían y se enojaban cuando no podía darles eso que estaban buscando.

Ahora, en este viaje, estoy aprendiendo a decir que no, y aunque muchas veces me sentí culpable, ya no. Me quedaré con esos que me quieran de verdad y sacaré de mi vida, sin remordimiento, a esos que me utilizan.

Donde no es recíproco allí no es. A partir de ahora solo mantendré en mi vida a aquellos que también entreguen y no solo esperen recibir y, por fin, no me siento mal por eso.

PARA: MI YO QUE SE JUZGA

No eres todo lo malo que piensas de ti. No eres el culpable del daño que te hicieron ni tampoco eres tu peor versión.

Sé que todo está desordenado, que tu vida se convirtió en un caos y te sientes culpable, pero no es así. Vales más de lo que te has atrevido a aceptar.

Los días difíciles existen, pero hay fuerza dentro de ti que te ayudará a superarlos, y quiero decirte que tienes más grandeza de la que crees.

Hoy te sientes vulnerable, y eso no está mal.

Poco a poco irás descubriendo que eres capaz, y en ese momento sabrás que tu rareza nunca estuvo mal. Tus lentes para ver la vida no son los equivocados. Aquellos que se fueron no eran para ti, agradece por esas despedidas, pero sobre todo, agradece que todavía te tienes a ti.

Posdata: *Has sido valiente al ir a tu encuentro, y sé que todavía estamos lejos. Pero poco a poco estamos saliendo de la jaula de la inseguridad, para encontrar lo que valemos.*

Te lo prometo.

IRME DE LO QUE ME DAÑA - NICK Z.
Viajando al pasado

—Me enamoré de tu mejor amigo porque tú solo dedicas tiempo a tomar fotos. ¡Eres hermoso por fuera, pero por dentro un maldito raro! Ni siquiera eres capaz de insultarme, solo te quedas allí con esos enormes ojos azules y tu cara de idiota. ¡Di algo! Al menos grítame para saber que te importo. ¡Al menos lucha por mí!

Danna me gritaba como cuando estrelló mi cámara contra el piso. En esa ocasión dijo que pasaba mucho tiempo con mis documentales y fotos, que ni siquiera servía para eso. Me paralicé como cuando era niño y mi abuelo tomaba de más y golpeaba a mi abuela. Yo nunca quise ser como él.

Nunca le pegaría a una mujer.

Días después de conocer a Danna, su ex la abofeteó en el estacionamiento de la universidad y yo lo golpeé a él hasta el punto de dejarlo inconsciente. Todos me vieron como un héroe, pero mi abuela no, al contrario, me reprochó: «Te conviertes en lo mismo que repudías. Hay otras salidas, Nick, aprender a controlar tu ira es el comienzo. Trabajar en ti es el inicio de un viaje interminable». Danna seguía empujándome, y yo seguía recordando los consejos de mi abuela: «Es mejor dejar las cosas antes de que te destruyan». Nunca entendí a qué se refería hasta que me destruyeron, y lo entendí todo.

—¿Desde cuándo estás con Iván? —le pregunté a Danna, saliendo de mis recuerdos.

—¡Desde hace seis meses! Estabas tan ocupado siendo el mejor futbolista y hermano, que no lo notaste. Por dedicarme las sobras de tu tiempo y follarte a tu cámara, no te diste cuenta de que tu mejor amigo me daba lo que tú no. Invertías tu tiempo en tus proyectos y tu dinero en una niña que NO es tu hija.

Tragué hondo y sentí cómo varias partes de mi interior se iban desprendiendo. *Había sido mi culpa.* Descuidé mi relación y debía asumir mi responsabilidad. Ese día boté mi cámara a la basura pensando que debía alejarme de lo que me dañaba. Estaba obsesionado con la fotografía y era tiempo de dejarme de estupideces. El problema fue que mi hermanita me vio botarla y en la noche tocó a mi puerta para decirme: *—Yo boté a mi muñeca favorita cuando Paola me dijo que solo las niñas tontas jugaban con muñecas, y luego lloré mucho y no la conseguimos, ¿te acuerdas? —me preguntó, entregándome la cámara—: No quiero que llores por perder tu juguete favorito.*

La abracé fuerte y entendí que el problema no era la cámara. Estaba dejando ir lo equivocado por miedo a ver la realidad. Quien te quiere no trata de cambiarte, sino de ayudarte a mejorar. Danna puso una excusa para justificarse. Ese día me di cuenta de que por más que doliera, terminar fue lo mejor.

MI ABUELA SIEMPRE ME DIJO
QUE ERA MEJOR DEJAR LAS COSAS
ANTES DE QUE ME DESTRUYERAN.

NUNCA ENTENDÍ A QUÉ SE REFERÍA
HASTA QUE ME DESTRUYERON,
Y ENTONCES LO ENTENDÍ TODO.

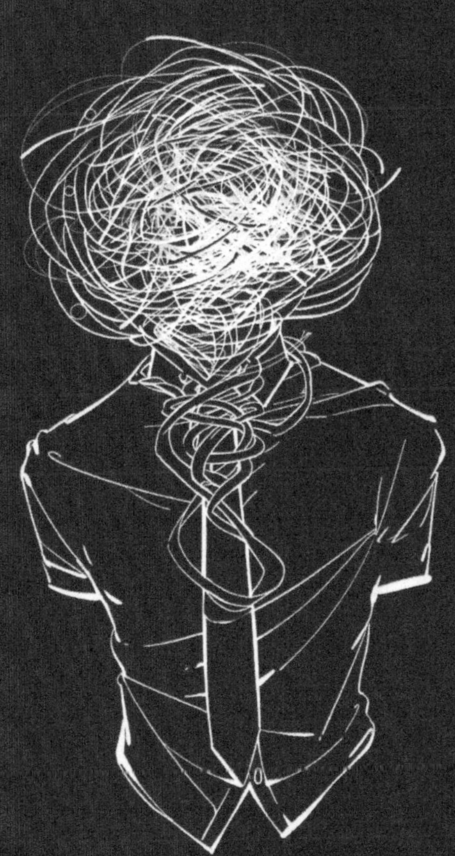

EMPIEZA A DARTE
A TI MISMO
LAS OPORTUNIDADES
QUE SIGUES DÁNDOLE
A LOS DEMÁS.

DE: MÍ,
PARA: MÍ

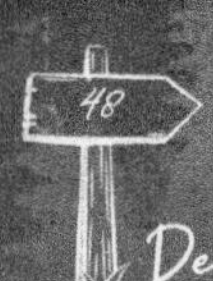

PARA: MI NIÑO INTERIOR

Lamento haber dudado de ti. Lamento negarnos la oportunidad de apostar por esos sueños que tenías y decirte que no íbamos a lograrlo. Hoy quiero que sepas que eres sumamente especial. Que te agradezco cada intento, cada ocasión en la que fuiste fuerte y resistente. Gracias por insistir en lo que amabas. Ahora sé que estuve equivocado. Ahora entiendo que cada desafío, cada lágrima, cada mal momento, cada decepción, todo era necesario para enseñarnos. Eres maravilloso y aunque en ocasiones dudé de ti: sé que lograrás cosas increíbles. Juntos vamos a lograrlo. Aunque a veces sufras y te sientas mal, o insuficiente, será en esos momentos de adversidad cuando tu corazón encuentre la voluntad más grande del mundo, porque el único que te volverá a poner de pie eres tú mismo.

POSDATA: *Ámate todos los días un poquito más y no le des el poder a otros de eliminar tu amor propio y perturbar tu paz. Ten paciencia. La vida te tiene reservado un destino extraordinario.*

DÍA 8 DE VIAJE - NICK ZETA.

Sobre las nueve de la noche me senté a observar la luna, y fue imposible no pensar en ella.

—No está mal alejarte de personas que ya no suman en tu vida, aunque en el pasado hayan sido importantes. Todos cambiamos y nos transformamos a diario. No somos los mismos del pasado, y no está mal despedir a las personas que se roban nuestra paz, o que ya no vibran en nuestra misma sintonía —recordé las palabras de mi abuela, en una de nuestras caminatas nocturnas.

—Quiero recuperar mi amistad con Iván —le respondí ese día—. Lo conozco desde los diez años, abuela. Es mi amigo desde hace mucho tiempo y tiene razón, no he estado tan presente para él por estar enfocado en mi proyecto de fotografía.

—¿Estás diciéndome que es tu culpa? ¿Su amistad va mal porque estás esforzándote en tus pasiones y en labrar tu futuro?

—No podemos abandonar a quienes queremos por enfocarnos en nuestros objetivos personales, abuela, y eso es lo que hice.

—¿Por qué has seguido viendo a tu amigo Leo? ¿Por qué él sí ha logrado apoyarte en tu proyecto y estar a tu lado en esto? La última vez que vino Iván te dijo que la fotografía no daba dinero, y él y tu novia Danna se burlaron de ti por sacarle foto a los atardeceres y a la naturaleza.

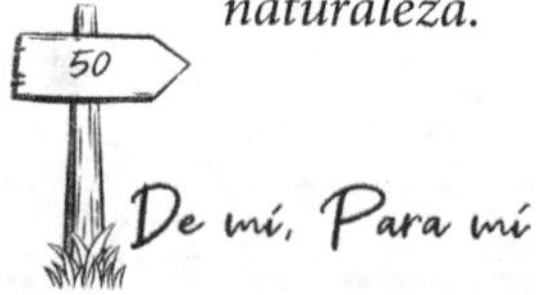

—¿Dónde quedó lo de no escuchar conversaciones ajenas? —pregunté sonriéndole. Era imposible que me molestara con ella.

—No me meto en tus asuntos, hijo, pero tu amigo tiene un tono de voz difícil de ignorar. Lo bueno de que ya casi no te visite es que mi migraña no ha vuelto. Ya sabemos que la razón era él —dijo bromeando y seguimos caminando envueltos en silencio hasta que, al llegar a casa, me aconsejó—: Todos tenemos un proceso diferente. No digo que tu amigo sea malo, pero es importante que cuides tu círculo. No somos perfectos, nadie lo es, Nicki. Pero tus sueños importan y debes mantener a tu lado a personas que se alegren por lo que amas y no a aquellos que te menosprecien.

Hoy viendo las estrellas, en medio de mi soledad, con lágrimas en los ojos y su ausencia pegada en mis talones, por fin entiendo las palabras de mi abuela. Ella siempre tuvo razón sobre Iván y sobre Danna, pero yo estaba ciego.

Hoy sé que he tenido uno de los años más difíciles de mi vida, pero también en el que más estoy aprendiendo. Hoy respiro y la soledad me cuesta, pero en casa me esperan. Tengo una familia que me quiere y no perdí un amigo, me liberé de relaciones que no me convenían. Ahora mismo mi círculo social no es amplio, pero sé que hay gente que me quiere y que todavía tengo mucho por recorrer, que me esperan nuevas amistades por conocer y que TODO es temporal; el dolor, las personas, las traiciones, los fracasos, la muerte, la alegría, el éxito, todo es efímero. Se trata de disfrutar y de sanar, de aprovechar el momento y no retener a nadie. Se trata de abrazarnos fuerte, de no huír de nuestra soledad, y de estar con nosotros hasta que no nos pese nuestra propia compañía y encontremos paz en ella.

Hoy me cuesta estar solo, pero el viaje continúa y, poco a poco, me amaré tanto que agradeceré estos momentos conmigo mismo, sin que me resulten tan pesados.

TIENES UNA CARTA DESDE EL CIELO:

Para ti que sientes que me perdiste. Para ti que crees que te he abandonado. Hoy logro derrumbar las barreras para que sepas que sigo contigo. Sé que mi ausencia te duele, que te encuentras triste y no hay palabras que alivien tu dolor. Lo sé porque yo también te extraño.

Es normal que todo tome un color distinto porque estás aprendiendo que la vida es breve, y que somos temporales, y al mismo tiempo eternos. Pero el amor verdadero supera las distancias, incluso las de la muerte y por eso esta carta consiguió la forma de llegar a ti.

Vive con mayor intensidad, disfruta los detalles y agradece cada cosa que tienes. Aunque yo ya no estoy de forma física, tú sigues vivo y puedes hacer de tu vida una gran obra de arte. Te aseguro que, aunque tú no me veas, yo te estoy cuidando. Estoy orgullosa de ti y solo quiero que te des la oportundiad de volver a sonreír.

Tal vez hoy sientes que nunca volveremos a encontrarnos, pero sigo a tu lado. Siempre estaré a tu lado hasta que nos volvamos a encontrar.

TE CUIDO DESDE EL CIELO:

Lo nuestro va más allá de algo físico. Nuestras almas están conectadas y no hay poder en el universo que pueda separarnos. Puedes pensar que me he ido, pero no es cierto. Mi cuerpo se fue, y no puedes abrazarme, pero cuando me necesites, estaré. Y si no me crees, pregúntante como la magia logró que mis palabras te rozaran. Tú y yo sabemos que nuestra conexión jamás morirá.

Hasta el momento de nuestro encuentro, toma la decisión de ser feliz. No te preocupes tanto y agradece lo que tienes. Recuerda que no sabemos cuándo será la última vez. No seas injusto con nadie, no dañes a otros, y no albergues odio en tu corazón, ni siquiera con los que te han lastimado. Perdona, suelta y vuelve a comenzar. Cuando atravieses un mal momento recuerda que estoy contigo, pero sobre todo: recuerda que puedes levantarte una y otra vez. Puedes volver a empezar las veces que sean necesarias porque eres un campeón. Así que no desistas por más intensa que sea la tormenta: el sol saldrá.

POSDATA: Ahora soy tu ángel y voy a cuidarte, pero tienes que ayudarme. Cuida de ti y no te eches al abandono. Valora tu vida y sigue adelante. No me has perdio. Tú y yo nunca nos perderemos. Tú y yo aprenderemos a estar juntos a pesar de la distancia, hasta volvernos a encontrar.

De: Mí
Para: Mí

Al principio no será fácil. Ningún comienzo lo es. Antes de lograr la estabilidad mental y emocional, debes caer, y no una, sino cientos de veces. Te golpearás, te romperán, te enfrentarás a situaciones que no esperabas, y eso es porque tal vez no estabas listo o no era el momento adecuado para aprender esas lecciones, pero tranquilo, llegará el momento.

Confía en lo que está pasando y no te resistas. Aunque no lo entiendas, aunque te frustres, aunque duela. No te abandones.

Todo lo bueno acaba volviendo.
Un día entenderás por qué sucedió así
y será perfecto.

NO LO OLVIDES:

PUEDES FALLAR,
PERO NO RENDIRTE.
PUEDES SENTIRTE MAL,
PERO NO OLVIDAR TU SONRISA.
PUEDES DESCANSAR,
PERO NO PERDER DE VISTA
TUS OBJETIVOS.

EL VIAJE CONSISTE
EN DISFRUTAR EL CAMINO,
NO EN CONCENTRARTE
SOLO EN LLEGAR.

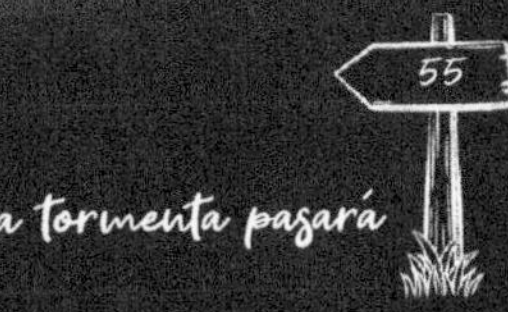

ANSIEDAD - NICK Z.
Viajando al pasado

Mi primer ataque de ansiedad se sintió como si fuese a morir. Estaba solo cuando perdí el control de mi cuerpo y caí al piso. Mi mente se nubló con mil pensamientos por segundo: «No me dedicas tiempo. No estás conmigo lo necesario. Debes escoger si es la maldita fotografía o tenerme de novia, Nick». «Te amo a ti, y no a Iván, pero al menos para él sí soy una prioridad». «Te engañé porque no me dabas lo que necesitaba y tuve que buscarlo en otro». Las palabras de Danna se reproducían en mi mente una y otra vez. Había pasado una semana desde que me enteré que me engañaba, y en el día ocho fue que decidió llamarme para culparme de todo, sin preguntarme cómo me sentía por la muerte de mi abuela.

Sentí una presión en el pecho, mientras mi mente buscaba aferrarse al recuerdo de su traición, como un veneno propagándose por mis pensamientos. A pesar de todo, su número era el asignado de emergencia, y quería llamar a la misma persona por la que me estaba sintiendo de esa manera. Con mis manos temblando intenté llamarla, pero no contestó. Lo hice de nuevo, y me quedé escuchando el tono interminable tras el teléfono. Una parte de mí quería oír su voz, incluso si solo era un eco de lo que solíamos ser. Pero nunca respondió, y hoy agradezco que no lo hiciera, porque cuando termina la relación con alguien de quien eras adicto, buscas cualquier oportunidad para recurrir a ella. Es esa droga que te mata, pero a la que siempre acudes por la satisfacción momentánea que te da. Mi droga me estaba haciendo todo más fácil: no quería saber de mí. Y el corazón me latía descontroladamente mientras luchaba por respirar.

—Respira profundo, tranquilo, estás teniendo un ataque de ansiedad, vamos a contar hasta diez, cuenta conmigo, concéntrate en mi voz —escuché

la voz de una mujer, pero no pude verla porque tenía mis ojos cerrados y estaba hiperventilando—. Uno, dos, tres, cuatro... —Ella contó lento y yo fui respirando con menos dificultad—: No sé lo que sientes y no voy a decirte que lo entiendo, pero estoy contigo y voy a acompañarte a casa.

Escuché sus palabras y asentí, pero me tomó un par de minutos más poder sentirme mejor. Ella habló de su madre, de su gato, e incluso, comenzó a contar chistes y poco a poco, respirar volvió a ser más fácil. Poco a poco determiné en sus ojos y en cómo disfrutaba de hablar y hablar, mientras me guiaba hacia el estacionamiento sin soltarme del brazo.

—Lo lamento.

—¿Lamentas algo que no puedes controlar, Nick? —me preguntó la chica mientras caminábamos hacia mi auto.

Escucharla decir mi nombre hizo que mi respiración volviera a cortarse. Ella sabía quién era y me había visto colapsar.

—Lamento ponerte en esta posición —me apresuré a decir, y todo lo que quería era irme—: Lo siento mucho —repetí dándome la vuelta, pero me cogió del brazo atrayéndome hacia ella.

—¿Qué te asusta, Nick? ¿Te da miedo lo que pueda pensar de ti? ¿O que le cuente a otros lo que vi? —preguntó sin deshacer el agarre. Estaba tan cerca que fue inevitable no embriagarme con su olor. Su aroma era la mezcla exacta de sensualidad y dulzura. Siempre he sido sensible a los olores, y fue eso lo que me atrajo, por encima de su cabello corto y rebelde, de su piel blanca y facciones delicadas enmarcadas en unos ojos color miel.

—No me asustas, pero tampoco me interesa hablar contigo.

—¿Eres así de grosero siempre o solo cuando te sientes vulnerable? —me preguntó con cinismo.

—Me viste en un mal momento, pero no me conoces y tampoco quiero conocerte. ¿Eso me hace una mala persona?

—Estás muy cerca de mí para ser alguien a quien no le interesa conocerme, ¿no crees, Nick? —Sonrió con descaro al tiempo que se alzaba en puntillas para estar a la altura de mi oído y susurrar—: Voy a llevarte a casa, y no te preocupes, tu secreto está a salvo conmigo.

Sentí su mano urgar en el bolsillo de mi pantalón y respiré profundo tratando de entender qué me molestaba. Si era su voz en mi oído, o su mano escarbando en busca de las llaves de mi coche, o quizá solo era su cercanía y lo que producía en mí.

—No necesito que me lleves a ningún lado. Estoy bien.

—No podemos perder al mejor jugador. —Se encogió de hombros, mostrándome las llaves de mi auto y segundos después, ya estaba montada en el asiento del conductor—: ¿Prefieres caminar a casa, Nick? —Arrancó el coche y me apresuré a correr cuando me di cuenta de que de verdad estaba yéndose.

Ella frenó y, por el retrovisor, la vi riéndose despreocupada.

—¿Qué crees que estás haciendo? ¿Estás loca? Ni siquiera te conozco. —Me monté en el auto sin tener otra opción.

—Me llamo Sara, estudio sexto semestre de filosofía, y estoy convirtiéndome en tu salvavidas, pero solo por hoy, Nick, no te acostumbres.

Sonrió de una manera peculiar y me quedé mirándole la boca, observando los detalles de la sonrisa más cínica que vi en mi vida, y quise fotografiarla para observarla después.

—No me agradas —le dije.

—No necesito agradarte. —Ella volvió a sonreír—. Sin embargo, la forma en la que me estás mirando dice todo lo contrario.

Observé su expresión segura y traté de entender por qué estaba tan enfadado, confundido y al mismo tiempo aliviado. Todo en simultáneo. Sin decir nada puse el GPS en mi móvil para que llegara a mi casa. Ninguno de los dos habló en todo el trayecto, pero ella mantenía esa actitud triunfal y esa sonrisa jocosa dibujada en el rostro, hasta que estacionó en la calle de mi urbanización y entonces habló:

—Ya cumplí mi parte. Estás a salvo. —Bajó del coche y caminó rápido perdiéndose en la oscuridad de mi calle. Era de noche y una parte de mí la quería lejos, pero la otra no permitiría que caminara sola a esa hora.

—Espera. Puedo llevarte, es tarde y...

—Lamento decepcionarte, pero no soy de las chicas que necesitan que las salven.

—Solo quiero llevarte a casa, es tarde —insistí.

—Ya estoy en casa. Me mudé hace seis meses, pero como dijiste: nunca te interesó conocerme —respondió dedicándome una sonrisa pícara.

—Gracias por ayudarme —las palabras salieron solas.

—Debió ser muy tonta para no valorarte —respondió, y antes de que pudiera decir nada, la vi adentrarse al jardín de su casa dejándome solo.

Era mi vecina.

Se conocieron tarde, o tal vez...
en el momento adecuado.
Porque nunca es tarde,
ni muy pronto.
Llegas cuando tu alma
te lleva a esa otra alma
que necesitaba encontrar.

Coincidir

Y de pronto llega alguien
a recordarle a tu alma
que las conexiones existen.

Que hay almas
que se encuentran
después de tanto buscarse,
y cuando por fin lo hacen,
se reconocen de inmediato.

Que no se trata
de estar juntos por siempre,
sino de vivir el momento.

Lo más difícil ya se hizo,
y fue el milagro de coincidir.

Con el miedo a cuestas,
con mi corazón restringido,
sin ganas de sentir nada,
y todavía sintiendo todo
por alguien que se fue,
destrozando mis sueños.

Sin ganas de creer,
con mis pedazos perdidos,
conseguí a alguien
que encajaba perfecto
en mis partes rotas,
pero no lo hizo.

Conseguí a alguien
capaz de mostrarme
que no necesito ser
la mitad de nadie.

Me dijo que se quedaría,
pero sin presionarme,
solo enseñándome a
querer mis cicatrices,
sin exigir un nombre
ni pretender una historia,
cuando todavía yo,
estaba culminando otra.

El camino del desprendimiento

La carretera está despejada, pero la información meteorológica no recomienda viajar. Por eso, aparco el auto cerca del bosque y decido dar una vuelta. Me llevo conmigo uno de los sobres, y después de caminar por más de una hora sin rumbo fijo, por fin decido abrirlo.

Dentro del sobre encuentro un mapa con el siguiente destino y una carta hecha a mano, pero también consigo una página desgastada de un libro antiguo, cuyas letras no se pueden ver y lo único que se distingue es un dibujo de una mariposa.

Respiro profundo sintiendo el frío colarse en cada parte de mi ser y decido leer la carta escrita a mano.

Me siento extraño. Es como si de algún modo, este viaje significara algo extraordinario, y yo fuera especial por tener un puñado de cartas y direcciones. Supongo que cuando lo has perdido todo, te aferras a cualquier cosa que te permita sentirte un poco vivo.

Querido viajero:

Hace muchos años, del libro espiritual más antiguo del mundo, se perdió la página secreta de la sabiduría. Según cuenta la leyenda, una mariposa mágica, con los colores más bonitos y alas de tonos iridiscentes, estaba dibujada en esa página, y aquellos que la encontraran serían guiados por sus suaves aleteos a través del camino del despertar interior. Durante ese viaje, tendrían que enfrentar desafíos y aprender el arte de dejar ir.

El afortunado que hallara la página, o le fuera entregada, sin siquiera buscarla, tendría el reto de entender el significado de la sabiduría, que solo lograría si en su destino se encontraba con el maestro de Lira, y él lo hallaba digno del conocimiento.

La página de la sabiduría te encontró, y depende de ti conseguir el significado en medio del vacío que a simple vista puedes observar. En esta página solo vislumbras una mariposa, ahora depende de ti descubrir por qué.

Éxito en tu travesía.

DESTINO 2

PENSÉ QUE EL ADIÓS ERA EL FINAL, PERO... SE CONVIRTIÓ EN UN NUEVO COMIENZO.

A mi yo del presente:

No escuches a esos que nos repiten que nuestros sueños son imposibles, que no servimos y que no llegaremos a ningún lado. No importa cuánto tardemos, vamos a soñar en grande, a exigirnos más, y a no dejar nuestro bienestar emocional en manos de otros. Puede que sea difícil, que nos caigamos, o que en ocasiones no lo logremos a la primera y nos sintamos lejos de nuestras metas, pero nada es imposible. Sigue avanzando. Adéntrate en nuevas rutas, pierde el miedo a perder y no dejes de intentarlo. Pronto vamos a conseguir los anhelos por los que tanto tiempo nos hemos esforzado. No te rindas.

Hasta el dolor más profundo tarde o temprano termina cediendo. Nada es tan malo como para robarse tu paz. Eres capaz de conseguir la solución a los problemas más complicados. Tienes todo para acomodar tu realidad y lograr cada objetivo y cada sueño. Dijiste adiós con el alma destrozada y queriendo quedarte. Estás en una búsqueda y no es tarde para ti. Poco a poco estás volviendo a ser tú, pero en una versión mejorada. Así que explora el mundo, y fabrica memorias que te durarán eternamente. Solo viviremos una vez..., es momento de que hagamos de nuestra vida esa fotografía que dice tanto y transmite tanto sin utilizar las palabras. La felicidad también consiste en eso que dejamos ir por nuestro propio bienestar. Allí entendemos que la despedida no es el fin, sino el inicio de otro capítulo en nuestra historia. Bienvenido al principio, ese que te enseña que después de cada adiós, siempre hay otra oportunidad. Que después del día más lluvioso, te espera el arcoíris.

EL FARO DEL ADIÓS - NICK ZETA.

Día 11 de viaje

A las cinco de la tarde llegué al siguiente lugar que marcaba mi mapa. Un pequeño pueblo de pescadores. Estacioné la furgoneta y caminé hacia la playa para que uno de los barqueros me llevara al faro. Al parecer, desde hacía mucho nadie se quedaba, y cuando lo hacían era en grupo, nadie iba solo. El barquero se sentía confundido, pero aceptó llevarme, advirtiéndome que en las noches el ruido de las olas, la lluvia y los truenos, podían ser aterradores.

—Si no tienes dinero, hay un sitio donde reciben a los forasteros y los alimentan. No tienes que quedarte en el faro.

—Gracias, pero quiero quedarme allí —respondí, pensando que quizá me veía como un vagabundo, o el anciano sentía pena por mí—. ¿Podrías decirme sobre su leyenda? ¿Es cierto lo que dicen del faro?

—Lo llaman «Faro del Adiós» porque hace muchos años, el príncipe dorado estuvo con casi todas las doncellas del pueblo en busca de la indicada, y cuando se cansaba de ellas las invitaba a ese faro. No les daba razones, pero una vez que llegaban allí, les decía que la última prueba consistía en ver si compaginaban sexualmente, pero luego de hacerlo, les decía adiós y desaparecía de sus vidas.

—¿Y por qué seguían aceptando salir con él?

—Porque a muchos les importa más ganar, aunque dejen su alma en el intento. Lo toman como un reto, como la posibilidad de ser mejores que aquellos que fallaron. Las mujeres aceptaban embelesadas por su piel dorada, y por la sonrisa galante que les prometía un castillo que luego soplaba dejándolas en la nada.

—¿Y consiguió a la doncella indicada? ¿A su alma gemela? —pregunté, mientras él conducía su pequeña embarcación atravesando las olas, y las gotas de lluvia empezaban a caer.

—El príncipe conoció a Salomé, una campesina que cuidaba de sus padres. Era reconocida por sus capacidades en la pesca, y también por ayudar a los más necesitados en el pueblo. Y sí, se enamoraron, estuvieron juntos por varios meses. Algunos pensaban que ella solo estaba con él por interés. Su hermana llevaba mucho tiempo enferma, y era ella quien se ocupaba de los altos costos de sus cuidados.

—Quizá no funcionó con las demás porque la indicada era Salomé. Tal vez no era tan malo, solo no había encontrado el amor. Al final, ¿lograron permanecer juntos?

—Anunciaron su boda, y Salomé escogió el faro, porque para ella representaba el éxito de su amor. Ese sitio en el que se despidió de muchas, con ella lo usaría para sellar su unión.

Una ola iba de frente a nosotros y el capitán logró esquivarla. Todavía faltaban diez minutos para llegar al faro, pero el clima cada vez se iba poniendo peor. Aun así, después de que estuvimos de nuevo en calma, sin riesgos de voltearnos, él continuó:

—El día de su boda fueron los Reyes y su guardia privada. Para todos era indigno casarse en un faro, pero el príncipe estaba muy enamorado, y aunque no lo aprobaron, decidieron ir.

—¿Y qué sucedió? —tuve que preguntar, porque por unos segundos se quedó en silencio pegado al timón.

—Cuando llegó el momento, el príncipe...

—¿Se arrepintió? —lo interrumpí.

—No —respondió rápido—. Al contrario, sonreía enamorado, esperando que Salomé al fin dijera el sí. Pero ella, frente a todos... dijo: «No puedo pasar el resto de mi vida con una persona que hirió a tantas mujeres. Durante el tiempo que estuvimos juntos, estuve esperando que un buen día me llevaras al faro, así como hiciste con mi hermana, que después de meses cortejándola y prometiéndole amor eterno, la trajiste a este faro, le quitaste su inocencia y la desechaste. Ella enfermó de dolor, y yo quise saber por qué se enamoraban de ti, y es que a veces la apariencia física y el poder hacen que caigamos en corazones sucios y los pensemos blancos. Yo no quiero estar contigo. Veo en ti a todas las personas a las que heriste. Nunca seré tu esposa. En este faro donde despediste a muchas, soy yo la que te despide a ti. Y debo decirte, que en medio de mi plan, terminé enamorándome, pero... no puedo enamorarme de alguien que ha matado la inocencia de muchas y que nunca será capaz de amar».

—Salomé hizo con él lo que él hizo con muchas —dije sorprendido por el giro que tomó la historia—. Fue valiente al dejarlo ir, incluso aunque lo amaba.

—Salomé fue asesinada por órdenes de la reina. El príncipe, a pesar de la humillación y del rechazo, luchó y gritó en el faro, tratando de que su madre le perdonara la vida, pero fue inútil. Ella le dijo adiós al príncipe, y a ella la hicieron despedirse de su vida. Lo importante aquí es que él aprendió la lección, y se encargó de la familia de Salomé y de indemnizar a todas las mujeres a las que había faltado. El príncipe no pudo borrar lo que había hecho, pero, al menos, entendió su error y trató de disculparse con acciones. A veces, por más que duela el adiós, siempre trae consigo aprendizaje. Él se enamoró de Salomé, y entendió, con su pérdida, el dolor que le había causado a otros. Esa es la leyenda, muchacho. Espero que tu noche en el faro, te ayude en lo que necesites. Ya hemos llegado.

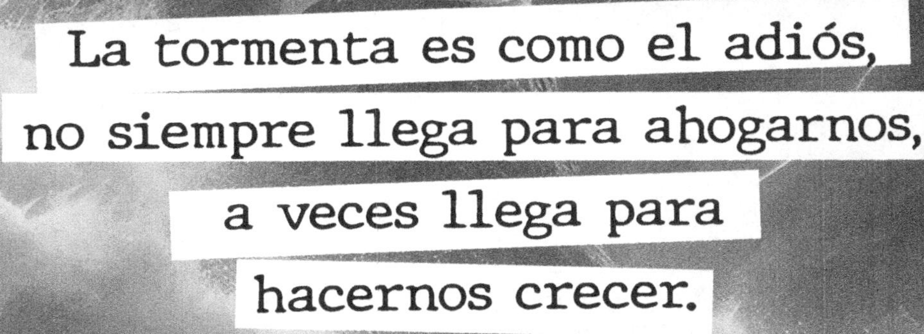

De: Mí
Para: Mí
La tormenta pasará

Hice todo lo que prometí
no volver a hacer:
volví a buscarte.

Me enamoré de ti,
que eras como el mar,
y no me importó
que me llevara
la marea.

Pero tarde o temprano,
el olvido vendrá
convirtiéndose en
salvavidas y llevándome
a la orilla.
Lejos de ti.

De: Mí
Para: Mí
La tormenta pasará

NOCHE EN EL FARO - NICK ZETA.

Día 12 de viaje

—Quiero dejar de amar lo que me destruye —fue lo que dije en esa nota de voz. Estaba en el faro en medio del océano, con una tormenta sobre mi espalda, una botella, y con miedo de no poder olvidarte. Quise llamarte, pero la señal estaba muerta. Así que bebí otro trago de vodka para armarme de valor y decirte que, a pesar de todo, seguía queriéndote. Y no sé cuántas notas de voz te envié, pero fueron suficientes como para perder la dignidad.

—Perdóname por no saber quererte, por no darme cuenta de cuándo dejaste de imaginar un futuro juntos —me disculpé, imaginando que estabas conmigo y que podíamos tener esa conversación que me negaste. En medio de la noche, y de la tormenta, me pregunté si de verdad quería volver contigo, y si sería distinto, pero terminé entendiendo que si estuvieras conmigo, me sentiría igual o más solo.

Dolió estar en el faro del adiós pidiéndote que me perdonaras, y recordando que tu disculpa nunca llegó. O tal vez, cuando lo hizo, estuvo disfrazada de excusas.

Lo nuestro fue una muerte anunciada, y aun así, me sorprendió.

Borré las notas de voz agradeciendo que no había señal y que no te habían llegado, y me senté en el piso dejándome llevar por el temor, por el caos, por la tristeza, pero también por la razón.

Me buscaste luego de que me viste con Sara. Me pediste regresar cuando creíste que estaba con otra persona. Y si no regresé contigo fue porque, mientras más tiempo pasaba a tu lado, menos me iba queriendo a mí.

Ahora entiendo lo que sintió Salomé. No puedo estar con alguien que no sabe amar, o terminaré dejando de amarme a mí mismo.

Perdiéndote me salvé de perderme a mí.

Amarte a ti fue como ser el clavo
que se enamoró del martillo.

Como pasar un domingo
bailando bajo la lluvia,
aun sabiendo que enfermaré.
Como pasear desnudo
en pleno invierno,
y enamorarte del copo de nieve
que no llegará a primavera,
y te derretirá la fe.

Amarte a ti fue entender
que aquello que no dura,
también deja una huella.
Yo era un barco perdido
y tú me anclaste a tu puerto.
Me enamoraste sin medida,
y cuando por fin me tenías,
soltaste las amarras
para alejarme de ti.

Amarte a ti fue soltar a la persona
con quien quería pasar el resto de mi vida,
para aprender a amarme a mí.
Fuiste un gran capítulo en mi historia,
pero jamás serás mi destino,
y por fin entiendo...
que es mejor así.

ALGUNAS COSAS PASAN
"PARA ALGO"
Y NO "POR ALGO".

OTRAS PASAN
PARA ENSEÑARTE,
NO PARA JODERTE.

APRENDE LA LECCIÓN
PARA QUE NO SIGAS REPITIÉNDOLA.

ALGUNAS SITUACIONES SOLO
TE PREPARAN PARA ESCENARIOS
QUE VIVIRÁS EN EL FUTURO.

De: Mí
Para: Mí
La tormenta pasará

NO CONFUNDAS CON AGUA
A ALGUIEN QUE EN REALIDAD
SOLO VA A AUMENTAR TU SED.

NO TE QUEDES CON ALGUIEN
QUE SOLO TE CREA DUDAS.

VETE A TIEMPO CUANDO TE
HAGAN SENTIR QUE SOBRAS.

DESPUÉS DEL FARO - NICK Z.

Día 13 de viaje

Al bajar del faro, fui a buscar mi furgoneta, la habían remolcado y el lugar donde debía buscarla no abría hasta el lunes. Faltaban dos días y colapsé. Tenía resaca, frustración, el dolor de cabeza me estaba matando y no supe controlarme. Quería mi casa, a mi hermana, a mi abuela.

No tenía a dónde ir. Mi ropa, y casi todo mi dinero estaba en la furgoneta. Estaba mojado, sucio, y lleno de rabia. Quise romper todo a mi paso, pero no lo hice. En cambio, corrí por el muelle dejando salir mi impotencia. Una y otra vez, a máxima velocidad, esperando desaparecer con la brisa. No me importó que el sol estuviera inclemente. Podía sentir mi piel arder, pero seguí corriendo hasta que mi cuerpo se desvaneció. Fue como tocar fondo. Como perderte en la miseria de tu presente hasta el punto en el que vas hacia el límite, tratando de simplemente dejar de existir.

—¿Dónde estoy? —dije sobresaltado cuando abrí los ojos.

—Sufriste una insolación. Te deshidrataste, y no conseguí un número de contacto a quién llamar. No supe qué más hacer y te traje a mi casa.

Era el barquero que me había llevado al faro. Me tendió un vaso de agua y la tomé con desesperación. Todo mi cuerpo me ardía por las quemaduras.

—La frustración, lejos de solucionar, lo empeora todo. Fue un problema traerte hasta aquí. Pesas más de lo que parece.

—No le pedí que me ayudara —solté, sin reconocer mi pésima actitud.

—Pero necesitabas mi ayuda.

—Solo quería que me dejaran en paz.

—A veces cuando deseas eso, es cuando más necesitas que te sostegan. Ahora come algo. —Me extendió un plato de sopa. Miré a mi alrededor y observé que las paredes estaban decoradas de cuadros con fotos donde salía él, con tres niños y una mujer en diferentes sitios y siempre sonrientes.

—Su esposa e hijos no estarán muy felices de tener a un desconocido alojado en su casa.

—Ellos ya no están aquí. Hace diez años mi barco se hundió en la tormenta y no pude salvarlos. Todos murieron excepto yo.

—Lo lamento, yo...

—Ya estoy bien —me interrumpió—: Pasó hace mucho, pero estoy seguro de que mi familia te habría ayudado de la misma forma.

—Disculpe que pregunte, pero ¿cómo se recupera de algo así?

—El tiempo lo cura todo —respondió—: El dolor es normal, pero ante él, debemos tratar de tener calma. Cuando llegan los problemas que no puedes resolver, no actúas desde el impulso, sino desde el entendimiento y la aceptación.

—Suena fácil, pero no es así como dice, y más cuando la felicidad se va junto con las personas que perdiste.

—Y ese es el error, mi estimado. Nadie más está a cargo de tu felicidad. Ninguna persona puede conseguírtela. Tú tienes el timón. Tienes el mando de tus emociones, no las dejes gobernarte. No te niego que duele, sientes que se te cae el mundo, pero se trata de buscar la forma de seguir adelante.

—¿Por qué me ayudó? —quise saber—: Ni siquiera me conoce.

—Mi hijo mayor tendría tu edad. No pude salvarlo a él, pero hoy te salvé a ti y no creo que sea casualidad —respondió, y caminó hacia el balcón. Lo seguí, y estando allí me contó—: Cuando murieron estuve a punto de quitarme la vida, pero decidí ser el capitán de mi existencia. En esa travesía, conseguí los siete fundamentos para vivir mejor, y sobre todo, los siete fundamentos para superar las tormentas.

—¿Puedo saber cuáles son? —fue mi pregunta y él asintió con la cabeza, pero antes de contármelos, se presentó. Se llamaba Bastian. En este instante, le estreché la mano y me disculpé por haber sido grosero, también le agradecí el haberme ayudado.

Luego de tomarme la sopa, ninguno de los dos dijo nada, pero tampoco hizo falta. Estaba cayendo el atardecer, mientras las olas chocaban con la madera de su casa ubicada cerca del mar. Ese día, la vida me presentó a un guía, que sin saberlo, me ayudaría para el resto de mis días.

Mirando el cielo anaranjado en medio de uno de los atardeceres más bonitos que he visto, el señor de aproximadamente sesenta años, me contó cómo logró levantarse, cuando lo único que quería era desaparecer junto a su familia. Esa tarde aprendí los siete fundamentos que me servirían para tener otra perspectiva de mi existencia.

LOS 7 FUNDAMENTOS DE LA VIDA

1. Acepta las cosas tal y como son: Aceptar lo que no podemos cambiar nos libera del sufrimiento eterno. Así como el mar se agita y luego se calma, las adversidades son como tormentas que tarde o temprano acabarán. No te resistas, aprende de ellas, forja tu carácter, entiende, crece y sigue.

2. No te compares ni compitas: Si estás escalando una montaña y mientras lo haces enfocas toda tu atención en el otro escalador para saber si va llegar antes que tú... ¿De qué forma te concentras en tu objetivo? ¿De qué forma disfrutas tu experiencia si vives desgastándote en la comparación? Ocupa tu tiempo en tu proceso y en mejorar.

3. Cultiva la gratitud: Enfócate en lo que Sí eres, en los que Sí están, en lo que Sí tienes. Envidiar a otros atrae la miseria. Si solo te quejas de lo que crees que te falta sin valorar lo que sí posees, ¿con qué ganas la vida te concede más? Agradece cada mínimo detalle y valora las pequeñas cosas.

4. Siembra el perdón en tu corazón: Perdónate a ti mismo y solo entonces serás capaz de perdonar a los demás. Nadie tiene el poder de perturbar tu paz, ni de convertirte en tu peor versión. No dejes que el rencor haga raíces en tu interior. La mejor forma de sanar es renunciando a tu derecho de lastimar a quien te hirió.

5. Suelta lo que no te aporta: Sé compasivo contigo y con los demás, pero que eso no te impida soltar aquello que no te hace bien y te retrasa. No te resistas cargando el peso de relaciones que ya te soltaron, ni postergues la despedida.

6. Decir que no, a veces es necesario para estar bien: Di que no a lo que no te convenga, sin que eso te haga sentir una mala persona. En ocasiones, un NO puede establecer límites que te protejan. Decir que NO es necesario para cuidarte.

7. Adáptate al cambio: La transformación es necesaria para crecer. Los cambios pueden ser incómodos, pero también son necesarios, tómalos como una oportunidad y confía en el proceso. En cada cambio darás la bienvenida a una mejor versión de ti. Aunque ellos estén acompañados de una fuerte sacudida, y sientas que todo se viene abajo, tan solo se trata de un nuevo comienzo. Adaptarse es crecer.

PERDÓN

amor propio

DESPEDIDAS

COMIENZOS

DE VUELTA A MÍ

CADA DÍA QUE PASO A SOLAS CONMIGO, ENTIENDO QUE LA OPINIÓN DE EXTRAÑOS NO CAMBIARÁ LO QUE SOY. QUE NINGUNO DE ELLOS ESTÁ ACOMPAÑÁNDOME EN CADA PASO. QUE NO ME CONOCEN Y EL HECHO DE QUE ME JUZGUEN HABLA MÁS DE ELLOS QUE DE MÍ.

SE TRATA DE MI VIDA Y SOLO YO PUEDO ESCOGER QUÉ DIRECCIÓN TOMAR, CON LA ÚNICA CONDICIÓN DE NO HACER DAÑO.

SÉ QUE EN SU DEBIDO MOMENTO, ESOS QUE TANTO CRITICAN Y SE ALEGRAN CUANDO CAIGO, UN DÍA ME VERÁN TRIUNFAR.

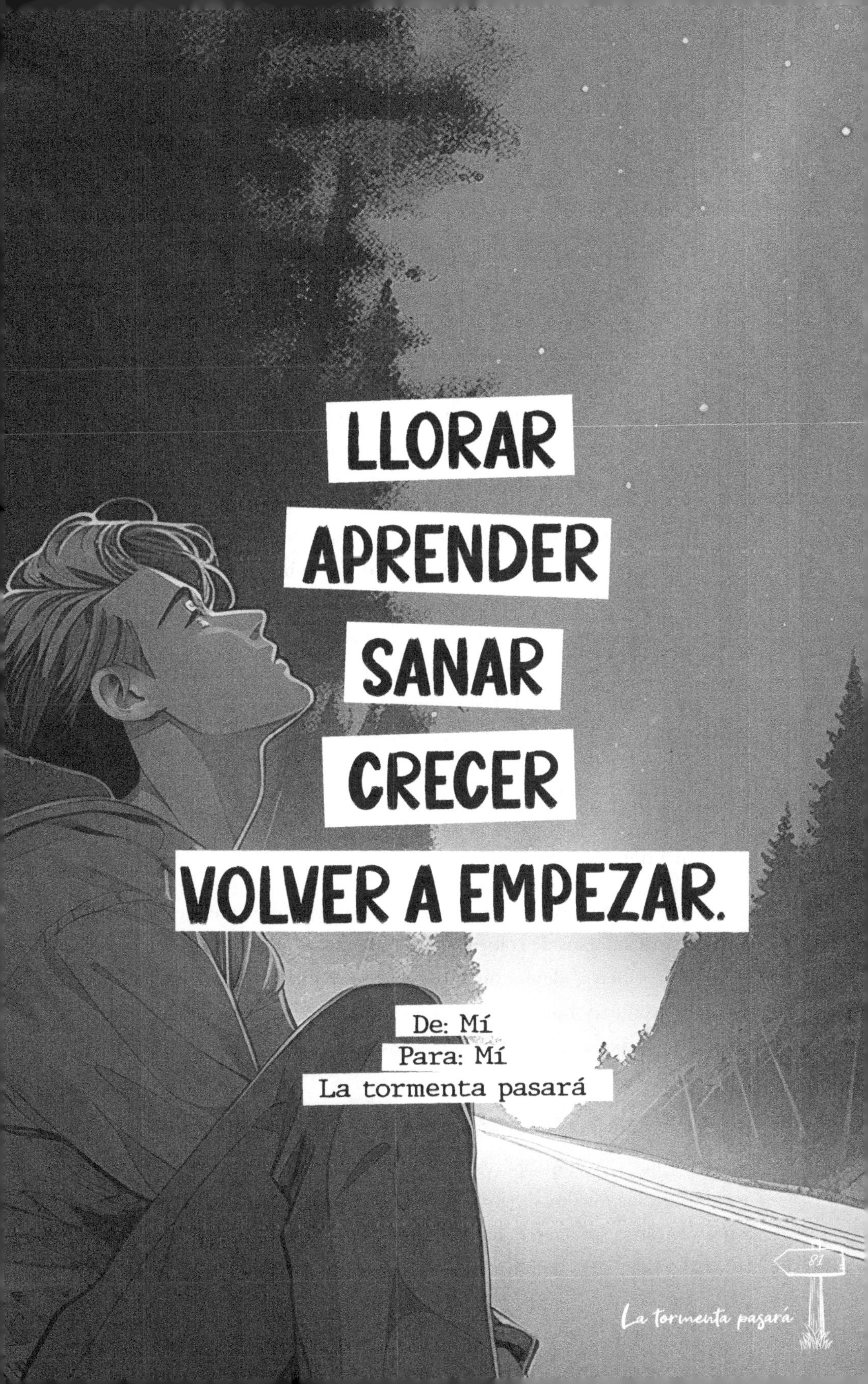

LLORAR

APRENDER

SANAR

CRECER

VOLVER A EMPEZAR.

De: Mí

Para: Mí

La tormenta pasará

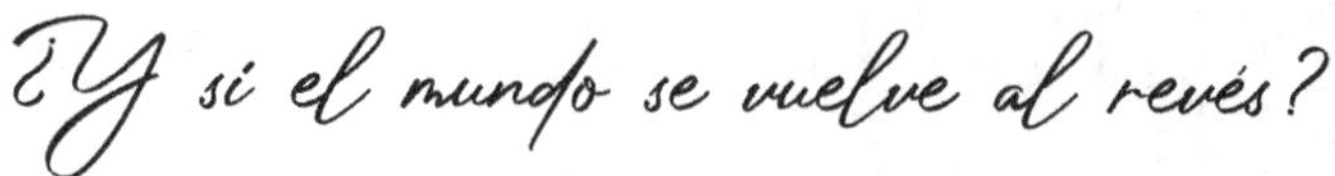

¡Tal vez somos el cielo de los que viven arriba! Y entonces son las estrellas fugaces las que nos piden deseos cuando nos ven pasar a 200 km por hora de camino a casa.

¿Y si el mundo se vuelve al revés? Y las nubes nos ven desde las alturas y nos buscan nuevas formas, nuevos colores, e intentan descifrar cómo algunos días estamos grises y otros días despejados, nos toman fotos y suspiran diciendo: ¡Qué bonito está hoy!

Entonces, las montañas serían las que emprenden un viaje por el exterior de nuestro cuerpo, y al llegar hasta nuestras cabezas, ven la vida tal y como nosotros la vemos. Y se quedan en nuestros cabellos esperando que una brisa traiga algún bonito recuerdo. Y tal vez el sol lanza una toalla en la mitad de la arena galáctica y espera que nosotros le bronceemos la cara. Y se coloca lentes oscuros para poder admirar nuestros rayos.

Y tal vez... mientras observamos el mar, él nos mira de vuelta, y es quien nos hace preguntas que no sabemos contestar, y suspira y ríe en voz baja, mientras nos escucha y siente paz.

¿Y si los atardeceres esperan por nosotros, y se toman el tiempo para ver nuestros cambios de color? Y admiran nuestra evolución y nos toman fotos, y la suben a alguna nube o nos guardan en sus memorias como: "el_atardecer_más_bonito_del_mundo.jpg", y cada vez que tengan un día triste, recuerdan ese instante donde dos atardeceres cruzaron la mirada por primera vez...

¿Y si los sueños son realidades, y cuando abramos los ojos, los miedos son valientes y somos capaces de volar hacia nuestras metas? La tristeza sonreiría, y los miedos se sentirían capaces, y la envidia se alegraría de los éxitos de todos sin querer competir.

Puedes sentir que te apagas,
pero tu luz nunca deja de brillar.

Aunque sientas
que estás a oscuras,
es momentáneo,
tú siempre consigues
el camino para
volver a estar bien,
para volver a encenderte.

De: Mí
Para: Mí
La tormenta pasará

PARTIDO DE FÚTBOL - NICK ZETA.

Viajando al pasado

Después de terminar con Danna, lo más difícil fue continuar con mi vida diaria y frecuentar a Iván. Recuerdo que el primer partido de fútbol después de que lo golpeé, traté de llegar tarde para no encontrármelo. Se había recuperado de la golpiza, pero era la primera vez que nos veríamos luego de eso. Ya todos estaban en el campo cuando entré corriendo. Los suspiros de alivio y los golpes en mi hombro no tardaron. «Pensábamos que no vendrías», fue lo que me dijo Óscar. «Él resta en el equipo, Nick. Tú solo pídelo y está fuera», fueron las palabras de mi mejor amigo Leo.

«En la cancha solo importa ganar, los problemas se quedan fuera», dije hacia el equipo con autoridad y miré fijamente a Iván, que no pudo sostenerme la mirada. Todavía tenía las marcas que le dejó nuestro último encuentro.

Al empezar el juego me olvidé de Iván, de mis molestias, y de todo. Era mi momento y el partido final de la temporada. Lideré a mi equipo hacia la victoria, pero a través de la estrategia. Me moví rápido con la pelota llevando a varios de los contrincantes al límite, y derribándolos con agilidad. Escuché los gritos de nuestras

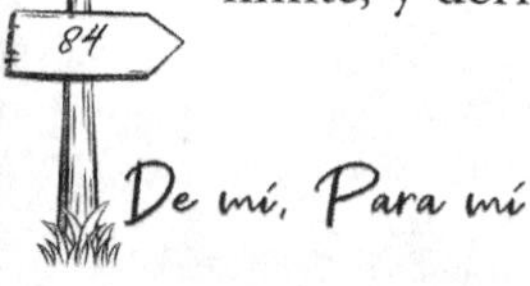

animadoras, pero mi mente estaba tan liviana que ni siquiera noté cuando la pateé hacia Óscar, haciendo el pase correcto para anotar el primer gol. Celebramos por algunos segundos, hasta que se reinició la partida. Con gestos rápidos y precisos hice señales a mis compañeros para transmitir la estrategia que habíamos estudiado. Recuperamos el balón y lo movimos con rapidez, cada uno estaba cumpliendo su papel en la táctica. Me devolvieron la pelota y solté un pase largo y preciso hacia el extremo derecho, para correr a máxima velocidad y esta vez ser yo quien marcara el segundo gol. «¡La máquina Nick!» escuché desde las gradas, solían gritarlo y nunca reparaba en ello, pero la voz me resultó familiar. Volteé a ver de dónde provenía y me encontré con Sara. Sin dudarlo volvió a gritar: «Hoy soy yo la que te inmortalizo». Con su móvil enfocó hacia mí grabándome o tomándome una fotografía.

—¡Qué rápido olvidas, hermano! —Óscar me dio una palmada en la espalda.

—Menos mal, porque Danna es una puta —dijo otro jugador, y lo empujé con fuerza.

—Vuelves a hablar así de ella y estás fuera de mi equipo. —fue todo lo que dije y la discusión quedó allí porque debíamos continuar con el partido.

Mi abuelo, durante toda mi infancia, trató a mi abuela de *perra* y no importaba mi situación con Danna, jamás permitiré que nadie hable así de ella, al menos en mi presencia.

Cuando terminó el juego fui directo a las gradas a buscar a Sara. Desde la última vez, una parte de mí quería volver a coincidir.

—Hola.

—Hola, *odioso*. Felicidades.

Ninguno de los dos dijo nada más, pero ambos estábamos sonriéndonos, mientras las personas que me felicitaban, o me pedían fotos, estaban siendo ignoradas porque mi atención era de ella.

—¿Esta es tu nuevo juguete? —La voz de Danna me sacó del trance en el que había entrado—. ¿Tanto drama porque terminamos y ya tienes a otra? ¿Le contaste que eres un nerd aburrido adicto a tu cámara? ¿O que estar contigo significa tener una hija? Porque decidiste ser el salvador de tu hermana, Nick. ¿Le dijiste la verdad? ¡Que estar contigo es vivir una vida de aburrimiento! ¿Le contaste por qué hice lo que hice?

De pronto, esos que antes me pedían fotos, ahora se reían descaradamente, mientras yo repetía en mi mente las palabras de mi abuela: «***No hieras cuando te hieran. Tener la posibilidad de dañar al que te lastimó y preferir no hacerlo, es lo que diferencia a una persona buena de una mala***»**.**

—Quedas advertida, Nick no es lo que parece. Mejor huye.

—Quizá lo que a ti te molesta de él, es justo lo que a mí me parece fascinante. Es un buen hermano, es un buen fotógrafo, es un buen futbolista, y además... es tan buena persona que prefiere quedarse callado a humillarte frente a todos contando lo que le hiciste. Como siempre me ha repetido mi padre, el tiempo pone a cada rey en su trono, y a cada payaso en su circo, como a ti, reina —contestó Sara al tiempo que me cogía de la mano sacándome de las gradas y del campus hasta el estacionamiento.

Me sentí avergonzado.

—No permitas que lo que dijo se cuele en tu cabeza. Sus palabras no pueden hacerte daño porque no son verdad. Solo tú sabes quién eres.

Antes de que pudiera responderle se montó en su motocicleta y arrancó dejándome solo.

QUERIDO PASADO:

NO SABÍA CÓMO SUPERARTE,
Y TODAVÍA ME CUESTA.
NO SABÍA VOLVER A COMENZAR,
Y TODAVÍA ES DIFÍCIL.

VOY RECORDÁNDOTE,
Y NO CON ODIO.
APRENDO DE TI.
APRENDO DE MÍ.
Y TRATO DE NO
BUSCAR CULPABLES.

EL CAMINO CONTINÚA,
Y TODAVÍA ME DUELES,
PERO POCO A POCO,
FLORECERÉ DE ESE DOLOR.

De: mí
Para: mí

NO SE FLORECE DE LA
NOCHE A LA MAÑANA.
ES UN PROCESO,
TEN PACIENCIA,
LAS GRANDES COSAS
TARDAN UN POCO MÁS.

PARA TI QUE ME LEES

Para ti que sientes que no
estás donde deberías.
Para ti que estás exhausto,
que te sientes frustrado
y presionado a lograr
eso que esperan que hagas.

Este mensaje es para decirte
que no le debes nada al mundo,
y que tus fracasos no son el final.

No vivas para competir,
no necesitas la aprobación
de otros. Que no haya pasado
no significa que no vaya a
pasar. Sigue trabajando en
tus sueños y no les creas
si te dicen que se te acabó
el tiempo.

Es mentira que todo tiene que ser
rápido, o a cierta edad. Es mentira que
tus sueños tienen fecha de vencimiento.
Pueden más las ganas que la edad.
Así que sigue enfocado y concéntrate
en eso que tanto te hace feliz.

LA MUERTE
NO ES EL FINAL.

Se fueron antes,
pero volveremos
a verlos.

Nunca dejarán
de amarnos.

Su amor
no se marchita
con la distancia,
porque el amor
cuando es verdadero
nunca se va.

De: Mí
Para: Mí
La tormenta pasará

Día 16 de viaje:

Nadie me dijo que respirar sería tan difícil. Que continuar sería así de confuso, y que mi vida sin ti se convertiría en un camino de soledad.

Nadie me dijo que la casa sería un lugar sin vida, y yo un simple espectador que existe, pero que no se encuentra. Nadie me dijo que ibas a irte y que la vida me golpearía una y otra vez hasta dejarme triste y aturdido. Nadie me dijo que perdiéndote, me perdería yo. Y algunos días siento que estoy mejor, pero otros, como hoy, no puedo de tanto dolor.

SIEMPRE ESTOY A TU LADO

No puedo decirte que no te sientas triste por mi ausencia, porque tú también me haces falta en este nuevo lugar en donde estoy. Pero puedo decirte que es un hasta pronto, que nos volveremos a ver. Lamento haberme ido antes, pero ya cumplí con mis misiones, y conocernos fue una de ellas.

Hoy me han crecido alas en la espalda y me han dado una misión nueva, que es la de cuidarte de otra forma. Ahora puedo estar contigo y ayudarte para que todo lo que te propongas se haga realidad, y cuando me extrañes, aférrate a los recuerdos que vivimos juntos.

Por las noches nos podemos encontrar en los sueños. Allí te dejaré pistas para que sigas adelante cuando sientas que quieres abandonar y darte por vencido. Puedes acudir a mí siempre que dudes; cada vez que busques respuestas, pregúntame con fe. Estaré en los detalles cotidianos y te daré esas respuestas, pero por favor, cuando te sientas solo, recuérdame, yo no me he ido del todo.

POSDATA: La distancia puede separar cuerpos, pero jamás separará a los corazones que se quieren de verdad. Y yo desde el cielo te sigo amando.

DÍA 19 DE VIAJE:

Hay noches mágicas donde las luces del cielo parecen cobrar vida, donde las conexiones se hacen más fuertes. Donde el paisaje parece un cuadro de esos que están colgados en casa de la abuela, y las estrellas hablan e iluminan todo con su brillo.

Hay noches oscuras donde el cielo parece que escondiera un misterio, y la luna es cómplice de lo que sucedió. Y todos guardan silencio mientras esperan que amanezca.

Sé de noches donde las nubes cubren lo que hay detrás, como las cortinas de una ventana, y piensas que existe un complot para ocultar lo extraordinario que hay, como un mago con su capa, pero luego descubres que esconden al conejo que vive en la luna, y te das cuenta de que siempre fue real.

Sé de noches donde los platillos voladores bailan al son del aullido de los lobos, y titilan con una luz verde y blanco en busca de la esencia de la naturaleza. En busca del amor que se oculta debajo de las montañas, en la lava, en los rayos, en esa forma mágica en la que la Tierra demuestra a gritos que está viva.

Posdata: *Estoy empezando a valorar los pequeños detalles, como el cielo, las estrellas, o mi propia compañía. Que poco a poco, me resulta confortable.*

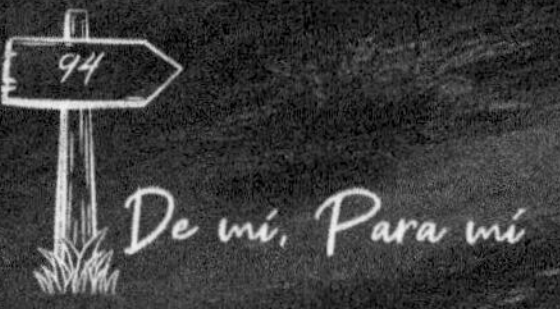

DE: MÍ
PARA: EL MIEDO

Hoy hago las paces contigo. Te perdono por robarme oportunidades, y me perdono a mí por darte tanto poder. Esta noche, en medio de mi insomnio, por fin he tomado la decisión de mirarte a los ojos y decirte: que pase lo que tenga que pasar.

Por mucho tiempo me frenaste y yo vivía con la incertidumbre del futuro. Vivía sin arriesgarme porque me decías al oído que podía fracasar, que podía caerme, o que me harían daño. No te diste cuenta de que eras tú quien más me lastimaba.

Pero un día conocí a la confianza. Allí entendí que no eras tan malo, que tú también tenías una voz que te decía que no ibas a poder. Por eso, querido miedo, quiero decirte que no te guardo rencor. Que vamos a poder superar la adversidad. Que vale la pena intentarlo.

Posdata: *Seguiremos viéndonos, y seré yo quien te diga que no importa la caída ni los problemas. Que juntos vamos a conseguir la solución. Que pase lo que pase, tenemos lo necesario para resolverlo.*

A veces encajas con quien menos lo esperas

FUEGOS ARTIFICIALES - NICK Z.

Viajando al pasado

Llevé a mi hermana de la mano a *la fiesta del viento*, sin quitarme la capucha de mi *sweater*. No quería que nadie me viera, ni tampoco pararme a conversar. En el fondo ni siquiera quería asistir, pero a Emma le hacía ilusión ver el juego de luces, que consistía en cientos de fuegos artificiales. En nuestra ciudad, era una de las fiestas más importantes, y tal y como le había prometido, nos colamos entre la multitud hasta situarnos en la línea frente al mirador. Faltaban pocos minutos para el espectáculo.

—Gracias por traerme, Nicki —dijo mi hermanita y la alcé en brazos para que pudiese ver mejor la ciudad—. Oye, Nicki... Sé que me dejaste una nota y que mamá me la dará cuando te vayas de viaje. ¿Te vas a ir para siempre?

—Jamás te dejaría sola. No voy a irme por tanto tiempo, es algo que debo hacer y si no tuvieras clases, te llevaría conmigo. Además, voy a llamarte.

—¿Lo prometes? Escuché decir a papá que querías alejarte de todos.

—De todos menos de ti, peque. Tú eres lo que más me importa, y sí, te prometo llamarte cada vez que pueda —respondí y ella me

abrazó fuerte. Lo que más me costaba de irme era estar sin ella, aunque fuera poco tiempo.

Bajé a Emma de los brazos porque se encontró con una amiga del cole que estaba con su madre, y estuvieron a escasos centímetros, jugando y compartiendo juntas, mientras yo me quedé observando el cielo, que comenzó a iluminarse con luces de colores por los destellos de los fuegos artificiales.

—¿No te parece que la ironía del destino se manifiesta con elegancia en esos encuentros donde el amor llega en el momento menos propicio? —me preguntó una voz en medio de la oscuridad, y volteé a mi lado para descrubrir a Sara.

Llevaba un *sweater* ancho, el cabello desordenado y unos *shorts*. Su mirada intensa estaba enfocada en las pinceladas de colores que explotaban sobre nuestras cabezas, adornando la noche. La chica emanaba irreverencia en cada centímetro de su piel.

—Te busqué en tu casa varias veces, pero parece que cuando voy a verte, nunca estás allí.

—Pensé que no estabas interesado en conocerme —respondió.

—Y yo que pensé que con mi forma de mirarte, ya habías deducido que mentía —confesé.

—La ironía del destino es la danza más refinada de la comedia humana, Nick.

—¿Qué quieres decir?

—No lo sé, estoy ebria, y no dejo de pensar en que me encuentro en un vórtice temporal, donde los corazones se entrelazan, pero el reloj de la vida insiste en marcar un compás desacorde.

—¿Cómo una danza de corazones entrelazados, pero en un salón donde las horas se niegan a bailar al mismo ritmo? —le pregunté siguiendo su juego y adentrándome en la conversación que propuso.

—Precisamente. El amor a destiempo es una sinfonía discordante donde dos almas danzan en la misma partitura, pero en páginas diferentes. Así como nosotros.

—¿Qué quieres decir? —volví a preguntar.

—¿No es conmovedor, aunque triste, que nuestros caminos se crucen cuando las circunstancias dictan un adiós en vez de un encuentro?

—¿Por qué tenemos que despedirnos, en vez de tratar de conocernos? ¿Quién dice que debe ser así?

—Tú acabas de salir de una relación, y yo acabo de adentrarme en otra. Estuve esperándote, pero mientras yo estaba en esa página, tú vivías un libro que desafiaba tu razón. El alcohol hace que suelte palabras sin medirme, así que debo confesarlo: Te quise a distancia, sin entender lo que me gustaba de ti. Ahora reafirmo que no me equivoqué. Te quise sin que tú me conocieras y cuando por fin quieres hacerlo..., yo estoy con alguien más.

Yo todavía no sabía qué sentía por mi ex. Todavía me dolía su engaño, pero esa noche, mientras veía los fuegos artificiales, me dolió haber llegado tarde.

—No es necesario que para conocernos tengas que ofrecerme algo más que una amistad, Sara.

—A veces nos encontramos con lo que queremos cuando ya han caído las hojas del otoño y el jardín de la posibilidad parece marchito. Quizá nos enamoramos de la imposibilidad, ¿no crees?

—Hablas como si fueras escritora.

—Los escritores solo mienten, en cambio, la filosofía nos acerca a la verdad, y por suerte, lo mío es la filosofía.

—Y en tu verdad, ¿volveré a verte?

—No lo sé, pero hoy, eres como descubrir que sí existía un tesoro después de haber perdido el mapa —fueron sus últimas palabras antes de que desapareciera perdiéndose en la multitud de gente.

CHICA DINAMITA

Ella tiene fuego en la mirada. Cuando habla crea mundos de poesía. Es capaz de curarte las heridas solo con su sonrisa. Ella no es común. Se emociona con los detalles cotidianos que otros pasan desapercibidos. No la sorprendes con dinero. No busca que alguien le resuelva los problemas porque tiene el poder de solución tatuado en el alma. Ella resuelve y se convierte en respuesta cuando sobran las preguntas.

Ella floreció después de que trataron de arrancarle las raíces y demostró que cada día crece más fuerte, que no va a darse por vencida, que seguirá porque es de las que se levantan, de las que insisten, de las que bailan bajo la lluvia y lloran sin vergüenza porque no tienen miedo a sentir.

Ella es un perfecto desastre de los que te hacen dudar de tu cordura. Es tan jodidamente rebelde, y al mismo tiempo inocente, que se convierte en infierno y paraíso con su caótica sonrisa. Ella es adicta a su soledad y ajena a los juicios. Con su rara forma de pensar que no encaja con cualquiera, porque no todos están a la altura de su mente. Ella ha estado tan rota, que se cansó del mundo, y se inventó uno de hielo para protegerse. Pero, si te acercas lo suficiente, verás que arde. ¡Es dinamita y puede descongelar a los corazones destrozados!

Ella es eso: un interminable amanecer para los corazones que están a oscuras.

Qué difícil es cuando la vida te presenta a la persona correcta, en el momento equivocado.

PERSONAS MEDICINA - NICK ZETA.
Viajando al pasado

Mi abuela murió un jueves y en mi vida se paralizó el reloj. Me quedé viviendo en el lunes anterior, ese en el que vimos películas, dormimos juntos y bailamos tango sin saber que sería la última vez.

—Has mejorado —dijo a mi oído mientras bailábamos. Yo odiaba bailar, excepto cuando la tenía a ella de compañera.

—Eres una gran maestra.

—El único gran maestro es Dios, y un día tú serás su mejor alumno, pequeño Nicki. —Se apretó hacia mi pecho y la abracé.

Ojalá el abrazo hubiese sido más largo.

Ojalá se hubiese parado el mundo con nosotros dos en el balcón de la casa, abrazándonos.

—Eres la persona que más quiero.

Una parte de mí me motivó a decir lo que sentía y hoy agradezco haber sido valiente. Nunca sabemos cuándo puede ser la última vez y esa fue mi despedida.

—Tú eres mi tesoro, Nicki —habló mi abuela viéndome con sus ojos azules y las arrugas más hermosas que vi en mi vida—:

Nunca olvides tu valor, porque es incalculable. Ya no abundan las personas buenas, y eres una de ellas. Cuida a tu hermana y enséñale todo lo que yo te enseñé a ti.

—Vas a durar muchos años más.

—Nicki..., pronto tendré que irme, pero la vida y la muerte están entrelazadas. Aunque me vaya voy a seguir amándote, y estoy segura de que nos volveremos a encontrar.

—No me gusta cuando hablas así, y no vas a dejarme. Acuérdate de nuestro viaje, tenemos la caja y la página perdida. Estoy trabajando mucho para ti y mi hermana, para darles todo lo que se merecen, abuela, y que hagamos ese viaje que tanto sueñas, pero por todo lo alto.

—Dios me bendijo contigo, cariño. Tú ya me diste más de lo que merezco. Desde que naciste me llenaste del amor más grande, y en la medida en la que crecía cada tristeza o dolor iba cediendo al verte crecer, hijo. El viaje importa más que el dinero, y si llego a irme, no esperes a tener más para hacer tu travesía. A veces con poco, podemos hacer grandes cosas.

La abracé fuerte sin imaginarme que su alma presentía que estaba a punto de partir. Hubiese querido que no muriera días después. Que no me dejara solo. Porque, aunque tenía a mis padres, ella era la persona más importante en mi vida, junto a mi hermana. Fue ella quien me crió, y la que estuvo conmigo desde que nací.

Pero la muerte me recordó que todo es prestado, incluso nuestro tiempo. Esa noche le pedí a la luna que mi abuela me durara para siempre. Pensé que mi deseo no se había cumplido, pero hoy entiendo que hay personas eternas que se mantienen con nosotros después de haberse ido.

CUANDO MI VIDA
ERA UN DESASTRE,
TÚ ESTUVISTE ALLÍ.

CUANDO QUISE RENDIRME
ME MOTIVASTE A SEGUIR,
Y ESO JAMÁS LO OLVIDARÉ.

De: Mí
Para: Mí
La tormenta pasará

DEJAR IR
PUEDE SER
EL PRIMER PASO
PARA ROMPER LAS CADENAS
QUE TE ATAN AL DOLOR.

PARA MI YO DEL PRESENTE

HAS SIDO FUERTE. HAS PASADO POR MUCHO, Y DEBES ESTAR ORGULLOSO DE TI.

NO HA SIDO FÁCIL, PERO NO HAS DESISTIDO. TU DETERMINACIÓN TE LLEVARÁ A OPORTUNIDADES QUE NI IMAGINAS, PERO QUE TE MERECES POR CADA ESFUERZO QUE HAS HECHO, NO SOLO POR TI, SINO POR EL BIENESTAR DE LOS DEMÁS.

APÁRTATE DE LAS ENERGÍAS NEGATIVAS Y CUIDA TU ENTORNO.

POSDATA: LOS MALOS MOMENTOS SON COMO TÚNELES, SIGUE HACIA ADELANTE Y POCO A POCO ENCONTRARÁS LA LUZ.

HAY PERSONAS QUE PASAN BREVEMENTE POR NUESTRA VIDA, PERO DEJAN UNA HUELLA ETERNA.

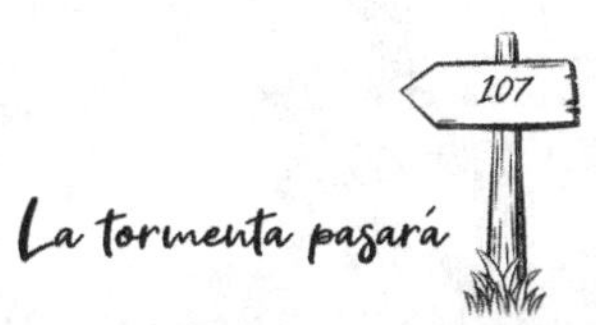

Y ENTONCES DEJÉ DE SUPONER
QUE ME DARÍAN LO QUE DOY.

NO TODAS LAS PERSONAS
SON COMO YO.

APRENDÍ A SOLTAR Y A SABER
EN QUÉ SITIO QUEDARME
SIN PROYECTAR MIS EXPECTATIVAS EN NADIE.

NO PODEMOS CAMBIAR A OTROS,
PERO SÍ DECIDIR CUÁNDO IRNOS
DE LUGARES Y PERSONAS.

De: Mí
Para: Mí
La tormenta pasará

De: Mí
Para: Los corazones destrozados

Probablemente estás leyendo esto y te sientes perdido. Es complicado cuando te fallan las personas en las que más confiaste. Cuando te das cuenta de que perdiste el tiempo y la frustración se apodera de ti. Solo quiero decirte que aunque te sientas traicionado, triste, y vulnerable, no debes culparte. No pienses en los posibles errores que tuviste y piensa en tu presente y en que, aunque resulte complicado, en el fondo de ti tienes esas respuestas que te harán ponerte de pie.

Un día volverás a alzar el vuelo, y tus alas se sentirán libres después de estar tanto tiempo dormidas. Pensabas que estaban rotas, pero ellas estaban curándose, igual que tú, y en el momento adecuado viajarán por nuevos horizontes, observando nuevos cielos y conociendo a otros pájaros, pero nunca más pondrán su bienestar en manos de otros.

Después de curarte, nunca más dejarás que otros te rompan. Serás cuidadoso, pero eso no significa que te cierres a volver a querer. Al contrario, ahora sabrás que no todos se merecen entrar en tu vida. Que no cualquiera se merece un puesto en tu mesa ni un lugar en tu corazón. Hoy te duele, pero te aseguro que poco a poco volverás a ser feliz y esta vez tu felicidad dependerá de tu propia compañía.

POSDATA: Sé paciente. El dolor tiene mucho por enseñarte, y luego de hacerlo... también se irá.

ES NATURAL QUE SIENTAS
QUE SE TE CAE EL MUNDO,
PERO NO ES ASÍ.

DE LA MISMA FORMA
EN LA QUE TE DUELE,
VAS A SANAR.

NO ES CIERTO QUE TODOS
TUS AMIGOS NO SIRVEN
PORQUE UNO TE HAYA FALLADO.

POR MÁS DOLOROSO QUE SEA,
LA VIDA TE ESTÁ DEPURANDO
DE LO QUE NO TE CONVIENE,
Y ES MEJOR ASÍ.

De mí · Para mí

DÍA 21 DE VIAJE

Empiezo a entender que el tiempo es fugaz. Que no sirve preocuparme hasta el agobio. Que no puedo ir por la vida queriendo ayudar a todos, poniendo la felicidad de otros por encima de la mía.

A partir de ahora decido no tomar nada personal, ni sobrepensar las cosas hasta el punto de hacerme daño. A partir de ahora no voy a vivir siendo ese al que hirieron, porque vivir recordando esa herida no me permitirá sanar. Hoy soy consciente de que yo también he lastimado a otros. Que no soy perfecto. Que así como me fallaron, yo también he fallado y que no viviré odiando a los demás por lo que me hicieron. Es tiempo de superarlo y seguir.

Las estrellas me acompañan y me siento conectado conmigo. Hoy siento que puedo superar cualquier obstáculo. Que puedo cumplir cualquier sueño. Que tengo todo lo necesario para ser feliz.

ERES MÁS FUERTE DE LO QUE CREES.
SIEMPRE HAS PODIDO,
SIEMPRE PODRÁS.

QUE NO SE TE OLVIDE
TODO ESO QUE SUPERASTE.

DE: MÍ
PARA: MÍ

LO MEJOR ESTÁ SUCEDIENDO

La vida te está alejando de aquello que NO necesitas y que NO te hace bien.

Empieza a confiar en ti y en tu capacidad para resurgir. Lo malo no dura para siempre. Si te tardas, si fallas, si duele, si te dicen que te rindas, si pierdes la confianza, no desfallezcas, porque todo eso forma parte del trayecto.

Abandonar no es la solución, no necesitas lograrlo enseguida para que sea importante.

POSDATA: Insiste, vuelve a intentar, convierte las críticas en impulso y no te dejes menospreciar por aquellos que ya lo consiguieron.

DE: MÍ
PARA: MÍ

ES NORMAL QUE DUDES, PERO TODO ESTÁ PASANDO POR UNA RAZÓN QUE UN DÍA ENTENDERÁS. NO CAIGAS EN LA TRAMPA DE LA COMPARACIÓN. ENFÓCATE EN TI Y EN TU TRAYECTO. CONCÉNTRATE EN SUPERAR TUS LÍMITES Y EN ALCANZAR TU MEJOR VERSIÓN.

SIGUE EL CAMINO A TU RITMO, CON TUS PROGRESOS Y DESACIERTOS, PERO CON LA DISCIPLINA Y VOLUNTAD DE CONTINUAR.

POSDATA: LOS RESULTADOS, AUNQUE NO SON INMEDIATOS, SE FORJAN DÍA A DÍA, INCLUSO CUANDO NO LOGRAS VERLOS DE FORMA SUPERFICIAL.

CUANDO NECESITES PERDONARTE

No se trata de quién fuiste en tu pasado, sino de quién eres en tu presente y de las posibilidades que tienes de transformarte en el futuro. Lo que sucedió en el ayer no define tu camino. Tu verdadera esencia se encuentra en el HOY, y en cómo has aprendido de los errores que cometiste.

Aprende a perdonarte con la misma compasión con la que perdonarías a un ser querido. Recuerda que la verdadera evolución personal comienza cuando te perdonas por los tropiezos y te permites crecer en medio de una nueva oportunidad. No eres tus errores, eres la persona en la que decides convertirte después de cometerlos.

POSDATA: Cuando te perdonas a ti mismo, transformas tus errores en escalones que vas subiendo para ser mejor y más fuerte. Todavía estás a tiempo. El pasado no va a cambiar, pero todavía tienes tu presente.

Está bien que no tengas ganas.
Tómate un tiempo para ti.

No seas tan duro contigo.
Hay cosas que no dependen de ti,
no te frustres.

Tal vez solo necesitabas aprender
esta lección que te servirá
para el resto de tu vida.

Ten paciencia.
Poco a poco se va a ir dando.
Va a resultar,
solo no te rindas.

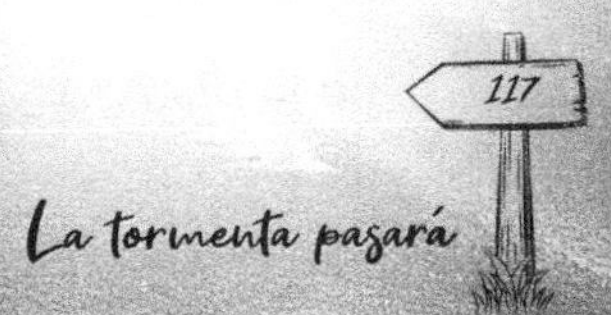

TRISTEZAS - NICK ZETA.

Día 21 de viaje

Son las seis de la tarde, pero lloro desde las tres. No hay nadie a mi alrededor y se siente bien soltar todo lo que tenía reprimido. Llorar sin prejuicios. Recuerdo que durante mucho tiempo escuché a mi abuelo decirme que llorar era de maricas, y si me veía hacerlo me golpeaba. Mi abuela siempre intervenía por lo que terminaba recibiendo los golpes que debían ser para mí. Por eso, desde niño, decidí suprimir las lágrimas. Si lloraba, lastimarían a mi abuela, así que todo me lo guardé.

Debo admitir que hoy no he dejado de recordarla. No sale de mi mente una de nuestras últimas conversaciones. «Te amo, Nicki. No me arrepiento de quedarme contigo. Eres mi niño y cuando el amor es verdadero, busca la forma de volver a encontrarse. Raúl y yo volveremos a estar juntos, pequeño» fue su respuesta cuando le pregunté si no se arrepentía por no haber vuelto con su gran amor, en vez de quedarse aguantando a mi abuelo.

Esa noche, Danna y yo habíamos peleado. Mi abuela la escuchó irse lanzando la puerta de mi casa y gritándome: «Si no soy yo, nadie estará contigo. A nadie le gustan los tipos como tú».

—Lo único que deseo es ser como los demás.

—Finges ser normal todos los días, Nicki, y tú y yo sabemos que no lo disfrutas. No naciste para ser como todos, sino para ser tú.

—¿Y quién se supone que soy, abuela?

—Es algo que no puedo responderte, solo tú puedes descubrirlo, pero para hacerlo debes mirarte en el espejo y hacer un viaje en el que descubras lo que hay adentro de tu ser. Un viaje de instrospección, un viaje donde solo te tengas a ti hasta entenderte.

—¿Y si no consigo nada?

—La «nada» ya es algo, Nick —respondió ella, acariciándome la mejilla—: La gente necesita mucho, pero en la nada, en lo simple, en lo calmado, también hay maravillas, y tú eres una de ellas.

—Todos mis cumpleaños me regalas un sobre, pero me prohibes abrirlo. Hoy quiero preguntarte por qué es tan importante ese viaje que quieres que hagamos juntos.

—Porque creo que estás estático, que estás pegado en tu zona de confort, y que por más que tomas tus fotos, te falta la magia de vivir para que el lente de tu cámara no sea el único que haga el trabajo, sino también el lente de tu interior.

—Un viaje no hará que cambie lo que soy, abuela. Tal vez Danna tenga razón y soy un fracasado.

—Todos somos fracasados, porque todos, alguna vez en la vida, hemos perdido en algo. Quien te ama nunca va a lastimarte para sacar lo mejor de ti, hay otras formas.

—El amor lastima, incluso en tu caso, abuela, lastimaste a alguien que te amaba por amarme a mí. ¿Nunca pensaste en lo mucho que debió dolerle que eligieras a alguien más?

—Todas las noches desde que me fui he pensado en él. Pero los amores eternos se mantienen en el tiempo, aunque despierten acompañados de otras manos —respondió ella—: Si pudiera elegir, elegiría amarlo a él, pero sin perderte a ti. El amor por los hijos lo supera todo. Por eso quiero verte viajar, descubrirte, y encender las luces que viven apagadas en ti, mi niño.

DESDE QUE
TE FUISTE AL CIELO,
ALZO MIS MANOS
PARA INTENTAR CAPTURAR
TODOS ESOS MOMENTOS
QUE SE FUERON JUNTO A TI.

De: Mí
Para: Mí
La tormenta pasará

Querido viajero:

En un remoto monasterio vivía el gran monje Alistair, pero estaba por irse porque había decidido adentrarse en el bosque mágico de Lira, en donde pasaría el resto de su vida.

Una tarde, un joven estudiante llamado Aiden, buscaba comprender el misterio de la paciencia y quiso aprovechar la oportunidad de preguntarle al monje que estaba meditando en el jardín.

—Maestro Alistair, perdone la interrupción, pero estoy desesperado. ¿Cómo puedo aprender la virtud de la paciencia cuando me consume la frustración? Siento que no he logrado nada, que estoy lejos de mis sueños.

—¿Conoces la historia del jardinero Haruki? —preguntó el monje y el joven negó con la cabeza—: Este hombre dedicaba su vida a cultivar flores exquisitas, pero vivía en la frustración porque no entendía la lentitud del crecimiento de sus plantas. Un día, al borde de la desesperación, tuvo el impulso de abandonar su gran pasión y alejarse para siempre de la jardinería.

—¿Y lo hizo? ¿Abandonó a sus plantas?

—Esa tarde, una anciana llegó a buscarlo y le pidió ayuda con su propio jardín. Él, en medio de su frustración, decidió ir con ella y brindarle su conocimiento, pero para su sorpresa, cuando llegaron observó que ella tenía un bambú gigante, el más grande que había visto nunca.

—¿En realidad no requería de su ayuda?

—La anciana lo que quería era ayudarlo a él y por eso le compartió la historia del enorme bambú, ese que crece lentamente bajo tierra durante cinco años antes de emerger. Sin embargo, una vez que surge, le toma unos pocos meses elevarse a una altura asombrosa. —El maestro Alistair miró a Aiden a los ojos y añadió—: La paciencia es como el bambú que crece silenciosamente bajo tierra durante mucho tiempo, desarrollando fuertes raíces que luego permiten su rápido crecimiento. Aunque a simple vista no veas los resultados, debes confiar en tu crecimiento, formar las bases sólidas de tus metas, y persistir incluso cuando te sientas lejos de tus anhelos porque la recompensa llegará en el momento adecuado.

Posdata: *A lo largo de estas cartas te cuento del maestro Alistair, porque si persistes a este viaje y tienes paciencia, el destino te llevará a conocerlo. El monje de Lira está esperando por ti, viajero.*

DESTINO 3

EL CAMINO DEL DESPERTAR

NO IMPORTA
CUÁN PROFUNDO CAIGAS,
PUEDES LEVANTARTE
Y CONVERTIRTE EN UNA
MEJOR VERSIÓN DE TI.

LA CAJA NO ESTÁ VACÍA - NICK ZETA.

Día 23 de viaje

Cuando abrí el sobre #3 tenía un mapa con una nota:

La humilde semilla se transformó en un majestuoso árbol. Pero logró hacerlo porque absorbió la adversidad y la convirtió en belleza. De eso se trata esta ruta, nútrete de tu oscuridad y no olvides que hasta los momentos más difíciles tienen un final. Es tiempo de que reconozcas la magia que tienes y que has ignorado. Emprende el siguiente destino y abre tu mente a lo que estas por descubrir.

Seguí sus instrucciones. Emprendí un viaje hacia el tranquilo pueblo de Arlenwood, en donde, atravesando el lago, había un lugar misterioso que sus habitantes llamaban: «*El camino del despertar*». Tuve que pasar veinte minutos en una balsa de alquiler remando y tratando de encontrar ese sitio. Por más que insistí en que me llevaran los locales, ellos respondieron: «*Solo tú puedes conducir a tu destino*».

Según los locales, se trata de un sitio donde los corazones incrédulos tienen la oportunidad de encontrar la magia y la paz interior. Donde aquellos que se sienten perdidos descubren en la pérdida un nuevo comienzo. Pensando en eso remé hasta que mis manos se cansaron. No sabía qué estaba buscando o adónde iba a llegar. La brisa jugaba con las hojas de los árboles, el lugar era de ensueño, y poco a poco, fui relajándome maravillado con lo que me rodeaba. Mi mente silenció sus pensamientos y escuchó la naturaleza, que sin palabras, fue llevándome por el misterioso camino de ríos caudalosos hasta llegar a una orilla. Una parte de mí mantenía la esperanza de poder encontrarme con el gran maestro y poder descubrir el misterio de la Página Perdida de la Sabiduría.

Llegué a un claro en el bosque donde un arco de piedra, cubierto de enredaderas, parecía ser la entrada al camino del despertar. Con incredibilidad y una mochila pesada, crucé el arco adentrándome en el camino. Mientras avanzaba por el sendero recordé momentos que hubiese preferido olvidar.

Recordé que, a mis cinco años, en el día de las madres, estuve esperando a la mía en el salón de clases. Le había hecho un caballo de madera y todos los niños estaban con la suya. Era una fiesta para las mamás, con activades de madre e hijo, y era el único niño que estaba solo. La profesora y otras madres trataban de animarme, pero algunos niños comenzaron a burlarse: «Tu mamá no te quiere», «tú no tienes mamá». Aunque sus madres los detuvieron fue suficiente para que me aislara en un rincón. Me puse la capucha de mi sweater y quise desaparecer. Estuve allí hasta que sentí que alguien se sentó a mi lado y puso la mano sobre mi rodilla.

—Ella no pudo llegar, pero yo sí. ¿Podemos disfrutar juntos?

Al escuchar la voz de mi abuela, me bajé el gorro del sweater y la abracé, para luego entregarle el caballito de madera.

—Es para tu madre —me recordó mi abuela.

—Ella prometió venir.

—Tuvo un problema.

—Siempre tiene problemas. ¡Ya no quiero que sea mi mamá! Quiero que tú seas mi madre. Ella siempre se va. Siempre me deja. No fue a mi juego de fútbol. Nunca ha ido a un partido.

—Tu madre te quiere, pequeño Nicki.

—Tú eres mi mamá, abu. Tú nunca vas a abandonarme, ¿verdad? —le pregunté llorando de frustración y de tristeza.

—Nunca. Incluso cuando no esté físicamente, buscaré la forma de estar contigo. Siempre estaré cuidando de ti.

Salí de mis recuerdos con los ojos cargados de lágrimas, y ya el sol comenzaba a teñir el cielo de tonos cálidos, pero mi corazón se fundía en la más profunda nostalgia.

A lo lejos, vi un majestuoso árbol centenario con raíces retorcidas que parecían hundirse en la tierra como manos ansiosas por tocar el corazón del mundo, y a su lado había un niño, llamándome. Me pareció extraño verlo solo, y enseguida busqué con la mirada intentando encontrar a sus padres, pero no vi a nadie. Me acerqué a él y me entregó una caja de madera, sonriendo, y pidiéndome que la abriera. Lo hice, pero estaba vacía.

—No hay nada adentro. ¿Es una broma?

—La verdadera magia de la vida está en conseguir belleza donde parece no haber nada —dijo el niño con voz suave, y sus ojos me miraron con dulzura—: Vuelve a ver el interior de la caja, porque lo que veas en ella es lo que hay en ti.

Eso hice. Miré el interior de la caja sin encontrar nada, hasta que algo dentro de mí me motivó a cerrar los ojos. Respiré profundamente mientras el viento acariciaba mi rostro. Y recordé todos los momentos en donde mi madre no estuvo. Las noches donde quería dormir con ella, o tenía una pesadilla, pero no estaba en casa. Recordé que ella no estuvo cuando cumplí siete años.

—Busca más, busca lo que sí tuviste. —Escuchar la voz del niño me hizo recordar los cuentos que mi abuela me leía, las caminatas, el día que me compró mi primer balón de fútbol, o cuando me enseñó lo que era una fotografía y salimos a perseguir mariposas para inmortalizarlas en un retrato sin quitarles su libertad.

De pronto, la tristeza se fue para dar paso al agradecimiento y a la felicidad por esos momentos con ella.

El niño comenzó a correr llevándome de la mano hasta que atravesamos un puente, y al otro lado, había una pequeña cancha de fútbol.

—Juega conmigo —me pidió y puse la caja de madera en la tierra para adentrarme en un partido divertido.

Lo disfruté como si yo también fuera un niño, y mientras jugábamos, los árboles parecían susurrar secretos ancestrales, sus ramas se movían como si bailaran para nosotros, y un arcoíris se fue extendiendo en medio del atardecer.

—Ya va a anochecer y es tiempo de que, así como se va el día, también se vaya el resentimiento que has tenido hacia tu madre. No hay un manual para hacerlo bien, y si sueltas lo que esperabas de ella, conseguirás uno de los pilares del despertar: el perdón.

—No te expresas como un niño.

—La sabiduría no depende de un cuerpo, sino del alma. Ahora, abre la caja y saca de ella todo lo que quite espacio para lo positivo. Saca el rencor para que quede espacio para las segundas oportunidades, y para el amor. La caja nunca ha estado vacía, porque lo que no se puede ver con los ojos, se observa con el alma. No olvides que sigue existiendo aquello que no tiene forma física. Sigue existiendo tu abuela, Nick. Y quiere que sepas que está orgullosa de ti.

Con los árboles susurrándome y un niño hablando como si fuera adulto, miles de emociones me invadieron y la felicidad llenó cada parte de mi ser. Era como si mi abuela estuviera conmigo.

Ambos nos sentamos en la orilla de un riachuelo.

—¿Quién eres? —le pregunté.

—Soy esa parte de ti que ha estado esperando a que la escuches. Mira el agua, ¿puedes detenerla? No. Siente el viento, ¿puedes retenerlo? Lo mismo sucede con la vida, con el pasado, con los errores. No puedes cambiarlo, pero sí mejorar tu presente.

—¿Eres el maestro de la página perdida de la sabiduría?

El niño comenzó a reírse con esa expresión infantil y todo era muy extraño, el bosque parecía cobrar vida. El canto de los pájaros nocturnos, el susurro del viento entre las hojas, las piedras bajo mis pies recordándome que el camino continuaba. Era alucinante.

—Al montarte en la balsa probaste una mezcla de plantas terapéuticas que alteraron tu consciencia. Yo solo soy una parte de ti que durante mucho tiempo tuviste silenciada. Estoy aquí para que descubras que llevabas el resentimiento como una piedra pesada atándote al pasado. Hoy solo tienes que soltarla y permitir que fluya como el río bajo tus pies. Tienes que entender que no puedes retener a alguien que desea o necesita irse. Nada es tuyo, y nada se va del todo. El perdón no significa que lo que hizo la otra persona estuvo bien, pero te libera de llevar ese peso contigo toda tu vida. Así como no podemos retener el agua, tampoco deberíamos retener el rencor, pero es una decisión.

Me quedé observándolo y un amor inmenso fue creciendo en mi interior. Lo abracé sin medirme y lo vi desaparecer. «***Nunca olvides que la paz interior reside en soltar las cargas que llevamos en el corazón***» escuché su vocecita infantil por última vez mientras el viento se llevaba su cuerpo, pero no su esencia. Entonces entendí sus palabras. Entendí que después de ese día nunca más estaría solo. Me tenía a mí y me estaba amando. Por mucho tiempo había estado dormido y ahora, por fin empezaba a despertar. Me estaba reencontrando con mi niño interior, con mi soledad, con mi pasado, con mis errores, con mis miedos, y sobre todo, ahora, en el camino del despertar... *¡Había comenzado a perdonarme y a perdonar a los que me fallaron!*

HAZ QUE TU YO DEL FUTURO SE SIENTA ORGULLOSO DE TI.

Te mereces una vida plena. Te mereces cumplir cada uno de tus sueños. Levántate todos los días sabiendo que tienes lo necesario. Que es tu tiempo, y tu momento. Que no importan las dificultades o las personas que traten de lastimarte, porque a la gente buena le pasan cosas buenas. A ti te protegen desde el cielo. Has pasado por mucho y no te has rendido. Te han fallado los que más querías y, aun así, sigues deseándole cosas buenas. Eres valiente y te aseguro que podrás con las piedras en el camino y alcanzarás la cima de cada plan y meta que tengas. Las personas malas pierden su fuerza cuando se encuentran con tu arma secreta: la bondad de tu corazón.

De: mí.
Para: mí

A partir de hoy

Me concentro en mí,
en mis objetivos
y en seguir creciendo,
aunque eso signifique
que se cierren puertas
y me aparte de aquellos
que me alejen de mis metas.

A partir de hoy cierro los ciclos
que no me convienen.
Me alejo de aquellos
que roban mi paz.

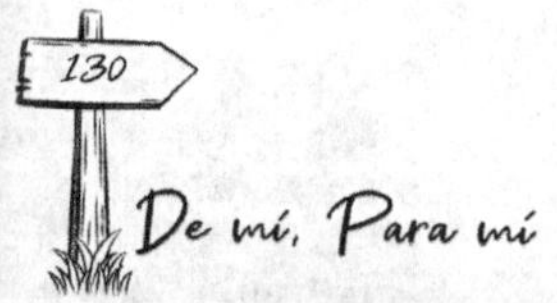

**NO SIEMPRE
LAS TORMENTAS
NOS DERRIBAN,
MUCHAS VECES NOS ELEVAN.**

De: Mí
Para: Mí

Para: los malos días

El camino puede tornarse oscuro, pero tenemos miles de interruptores en nuestro interior. Podemos tener malos días, malas épocas, pero son más las cosas por las que tenemos que agradecer. Nadie cortará la mala racha, solo nosotros podemos lograrlo y lo haremos con buena actitud. A partir de hoy nuestra actitud para enfrentar los problemas va a ser distinta. Respiraremos profundo y sabremos que siempre hemos podido. Que haremos que suceda. Que lo malo no dura para siempre. Un mal día lo tiene cualquiera, pero tenemos personas que nos quieren, tenemos un techo, comida en nuestra mesa y mil razones para agradecer. Lo positivo le quita peso a lo negativo. No nos dejaremos joder. Ya el pesimismo no es parte de nosotros. Estamos sanando viejas heridas, alejándonos de los que nos lastiman y acercándonos a nosotros mismos. Y sí, no todos los días serán maravillosos, pero en todos ellos tenemos a alguien que nos motiva, que nos impulsa, que nos repite que podemos y que nos quiere.

Posdata: Incluso en los malos días, nos tenemos a nosotros mismos y sabemos que, pase lo que pase, buscaremos la forma de resolver el problema y de volver a estar bien.

NO LE TEMAS A LA OSCURIDAD,
TU LUZ BRILLA MÁS EN MEDIO
DE LAS SOMBRAS.

CUANDO QUIERAS RENDIRTE, RECUERDA:

NO ESTÁS SOLO.
NUNCA LO HAS ESTADO.
Y NUNCA LO ESTARÁS.

PUEDES CON ESTO.
TÚ PUEDES CON TODO.

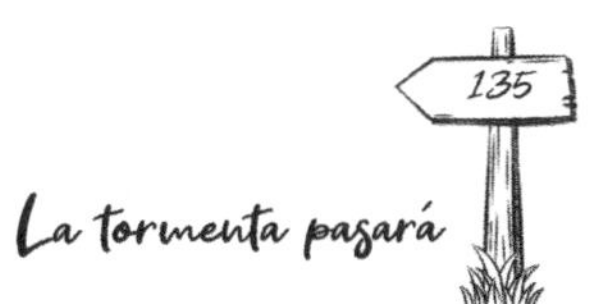

Querido viajero:

En un antiguo bosque, un curioso alumno llamado Kaito, se acercó al sabio maestro Alistair con una pregunta que lo atormentaba. El alumno sería el futuro rey. Esa gran responsabilidad lo matenía preocupado.

—Maestro Alistair, ¿cómo podemos comprender la eterna lucha entre el bien y el mal? —preguntó el joven y Alistair lo miró fijamente analizando si estaba listo para escuchar la historia del príncipe Hiro, esa que durante sus años en el monasterio, resonaba por los pasillos. Al observarlo, se dio cuenta de que era el momento. Su alumno estaba preparado para esa lección.

—Hace miles de millones de años, en un reino distante, existían dos fuerzas poderosas: la luz y la oscuridad. La luz, personificada por seres benevolentes, buscaba equilibrio y armonía, mientras que la oscuridad, representada por entidades egoístas, anhelaba el caos y la destrucción. En ese reino, el príncipe Hiro se embarcó en un viaje para entender la dualidad. Guiado por su sabio maestro, exploró las profundidades de su propia alma y descubrió que la clave radicaba en su elección.

—¿Cuál elección? No lo entiendo —preguntó Kaito, con los ojos ansiosos de sabiduría.

—A lo largo de tu vida, la maldad se presentará ante ti de formas tan irresistibles, que te harán dudar, así como sucedió con Hiro, que tenía el alma más bondadosa del reino y lo llamaban "el incorruptible". Durante el viaje estuvo frente a muchas tentaciones y siempre fue firme en su nobleza, hasta que conoció a Freya, la mujer más hermosa y deseada de Argleton. Los reyes de todo el mundo enloquecían por ella. Tenía el don de enamorar a los hombres, pero solo el indicado que pasara su temida prueba, obtendría el mayor regalo: su amor eterno.

—¿Y cuál era esa prueba? —preguntó el joven intrigado.

—Asesinar a su hermana.

—¿A su propia hermana? ¿Y por qué querría eso?

—Eran gemelas idénticas, y para Freya, su hermana era la única mujer que podía quitarle el poder que tenía sobre los hombres. La única que tenía su hermosura y, por eso, desde niña había intentado matarla. La madre, desesperada, dejó a Freya con su padre y escapó con Frida. Se fueron a un lugar lejano y para proteger a su hija, puso pruebas mortales alrededor de su escondite. Ningún hombre lograba llegar a ella sin morir en el intento.

—¿El príncipe Hiro también lo intentó?

—Lo hizo. Se embarcó en el viaje y le prometió ser el indicado. Él no sabía las verdaderas razones de Freya, pues ella, al ver que era un hombre honesto, contó la historia al revés. Le dijo que su hermana era una asesina, que había querido matarla infinitas veces y que nunca la dejaría en paz.

»En busca de cuidar de su amada, Hiro navegó en ríos infectados con pirañas, atravesó la selva, y subió el risco más empinado de Argleton. Permaneció días en total oscuridad escondido en una cueva, huyendo de los lobos, y así hasta que setenta días después, atrevesó un nido de serpientes usando su astucía, y logró penetrar la fortaleza donde se escondía Frida.

—¿Lo hizo? ¿La asesinó?

—Una vez estuvo frente a ella, a punto de clavar la daga que lo llevaría a lograr el mandato de Freya, algo en la mirada de Frida lo hizo enfrentarse a una dualidad. En su interior, empezó la verdadera batalla: la batalla entre el bien y el mal. Una parte de él le decía que acabara con su vida, pero la otra le imploraba que no. Que obedeciera a la bondad de su corazón: «No puedo terminar con tu vida. Aunque no lo merezcas, no soy nadie para juzgar ni privar a alguien de vivir. Ya tú vives en tu propia condena de muerte: en las sombras, escondida del mundo, consumida por el odio que le tienes a tu hermana. Pero al final, tú y ella no son distintas, porque ambas se han dejado invadir por el veneno del odio, a tal punto de desearse la muerte, de atentar contra su propia sangre, llevando a cientos de hombres a morir por su culpa. Hoy decido ser fiel a mis ideales y no caer en su juego en donde el mal es el único vencedor. No puedo hacer nada para cambiar su destino, pero en el mío, el bien prevalece, y si para amar a alguien debo matarte y ser desleal a mis principios, entonces esa persona no merece mi amor», fueron las palabras que le dijo Hiro a Frida antes de entregarle la daga con la que pensaba matarla y entonces se enteró de la verdad. Con lágrimas en los ojos, la madre de las gemelas lo abrazó y le explicó que su hija había sido prisionera toda su vida. El príncipe, sorprendido, les otorgó protección invitándolas a su reino y se enamoró de Frida, mientras Freya se dejó carcomer por la envidia porque su hermana ocupaba el reino que pudo ser suyo. Meses después, su enfermedad avanzó alterando su sistema nervioso y postrándola en una cama.

—¿Frida no tomó venganza con su hermana por todo lo que le hizo?

—Al contrario —le respondió el maestro—: tuvo compasión. La llevó a vivir a su reino y la cuidó en sus últimos días de vida. Espero que hayas comprendido, Kaito. Depende de cada uno de nosotros que la balanza vaya hacia la luz, y no que la oscuridad nos consuma a través del odio.

OPINIONES AJENAS

Es curioso que la opinión de otros sea capaz de hacerte sentir insignificante, como si ellos fueran los que se levantan todos los días, los que trabajan, los que a pesar de las malas épocas y de todo el dolor... siguen intentándolo.

De nada sirve renunciar a lo que quieres por miedo a lo que opinen los demás. No te alejes de lo que te da felicidad para evitar los comentarios de esos que te dicen que estás perdiendo el tiempo. Muchas veces el temor a no ser suficientes nos hace perder oportunidades. No dejes de ser tú por otros. No te seas desleal por miedo a lo que dirán los demás. No hay nada malo contigo. Cuando te aceptes lo suficiente, verás que no necesitarás la aprobación, y todo empezará a fluir mejor.

Ya verás que el universo te acercará a personas con las que conectes de verdad. Personas que en vez de criticarte, te impulsen igual que tú los impulsas a ellos. Es cuestión de tiempo para que entiendas que liberarte de los que solo saben fallarte, te abrirá las puertas para cruzarte con personas en tu misma sintonía.

SI LE FALLAS A ALGUIEN,
LA MEJOR FORMA DE DISCULPARTE
ES UN CAMBIO DE ACTITUD,
NO UNA EXCUSA.

UN DÍA DIFERENTE - NICK Z.

Viajando al pasado

Había estado trabajando durante toda la noche en mi proyecto fotográfico. Al ganador, le otorgaban un trabajo por un año —con opción de dejarlo fijo según su desempeño—. Era un excelente salario, en un periódico importante del país, especializado en periodismo fotográfico. Al mismo tiempo, el premio consistía en quince mil dólares que necesitaba para la educación de mi hermana, y para mudarme solo. Llevaba un año dedicado al proyecto y a las 5:33 de la madrugada, lo envié por *e-mail,* así como solicitaron.

Me desperté sobre las dos de la tarde. Media hora después, sonó el timbre. Mi cuarto estaba en la segunda planta, así que me asomé por el balcón de mi habitación y vi a Sara. Estaba sentada en su moto, sosteniendo una pancarta y su mirada se encontró con la mía. La había visto tres días antes y me había dejado claro que estaba con alguien más.

Busqué mi cámara y me vestí lo más rápido que pude para bajar a su encuentro.

—Hola, odioso —dijo sonriendo y respiré profundo, tratando de repetirme que ella tenía novio, que solo era una salida de amistad.

—Hola, fantasmita.

—¿Fantasmita?

¿Y si hackeamos
lo imposible?
Solo por hoy.

—Apareces de la nada, y luego, desapareces igual de rápido —le expliqué, sin darme cuenta de que tenía la sonrisa de idiota plasmada en mi cara como si fuera un sello.

—Súbete, hoy voy a llevarte a mi sitio favorito de la ciudad. ¿O te asustan las motos, Nick?

Negué con la cabeza mientras me montaba. Había crecido entre motos. Mi abuelo era adicto a ellas, y a mis once años ya estaba enseñándome a conducir. Aceleró y me abracé a su cintura como una excusa tonta para estar cerca y embriagarme con su olor.

Durante todo el camino ninguno de los dos dijo nada. Solo nos mantuvimos en silencio sintiendo que la ciudad flotaba, o que tal vez éramos nosotros los que flotábamos, o quizá, solo fui yo el que lo sintió.

—¡Llegamos! —dijo veinte minutos después. Detuvo la motocicleta en lo alto de una colina pintoresca que nos ofrecía una vista impresionante de la ciudad, y además, estaba sola para nosotros.

—¿Cómo conoces este sitio? —Tuve curiosidad.

—Te sorprendería mi potencial para encontrar belleza donde nadie ni sospecha que la hay —respondió con una sonrisa, sentándose en el banco del mirador.

Respiré profundo llenando mis pulmones de ese momento, y me senté a su lado. Por primera vez no tenía prisa por la foto perfecta, sino por vivir el instante.

Cerré los ojos y sentí el viento en mi cara. De pronto, las preocupaciones por el concurso de fotografía se disiparon, y aunque el dolor por mi abuela y por Danna, seguía allí, por esos segundos no estaba afectándome.

—¿Cuándo te vas de viaje? —me preguntó Sara—: Pasado mañana será la fiesta que le estoy organizando a mi hermana. ¿Estarás?

—¿Cómo sabes que me voy?

—En el festival del viento, tu hermanita se lo contó a la mía —respondió Sara y me pareció rara la forma en la que todo se contaba, y que la niña y la señora que mi hermana se encontró en la fiesta, fueran la madre y la hermana de Sara.

—Me voy en unos días. Sí estaré para la fiesta.

—¿A qué lugar te vas?

—No tengo idea.

—Nick... ¿Harás un viaje y no sabes cuál es el destino? Permíteme dudar —contestó mirándome con incredulidad.

—Desde que tenía siete años, mi abuela me habló de un viaje espiritual y de *una página secreta* que ella había conseguido en una excursión en la montaña. Cuando encontró esa página estaba con un enamorado de su juventud. Él se llamaba Raúl y juntos consiguieron una caja que contenía varios mapas y el itinerario del viaje. Que no es como unas vacaciones a algún lugar lujoso, sino más bien como un viaje de descubrimiento, algo más espiritual —aclaré para continuar contándole algo que nunca le había contado a nadie—: El sueño de mi abuela era hacer el viaje con Raúl, y al no poder hacerlo, cuando su historia terminó, no sabían quién de los dos se quedaría con la caja y todas las instrucciones del viaje.

—¿Y cómo lo solucionaron?

—Raúl le dijo que no tenía sentido viajar sin ella, y que nunca conseguiría hacer ese viaje con otra persona, porque no volvería a enamorarse de esa manera. Le dijo también, que a diferencia de él, ella sí que tenía a una persona especial para viajar y que por eso, debía quedarse con la caja.

—¿Esa persona era tu abuelo? —preguntó Sara.

—No —aclaré y me tomé unos segundos de silencio antes de agregar—: Esa persona era yo, y no fui capaz de tomar un tiempo para viajar con ella. Cuando era niño mi sueño era cumplir dieciocho, porque la condición de mi abuela era que haríamos el viaje cuando los cumpliera, pero luego crecí y llegaron las excusas, el trabajo, el fútbol, y siempre había algo más. Luego, llegó Danna, y me dijo que era un juego de niños, que lo de la página perdida de la sabiduría ni siquiera era real.

—Yo creo que es mágico y romántico. Y me parece que Raúl fue un buen tipo para desprenderse de todo, con tal de que tu abuela pudiese hacer el viaje contigo.

—Hoy me arrepiento de haberlo retrasado. ¿Sabes? En el fondo sí que quería hacerlo. Desde pequeño dormía imaginando ese viaje y las aventuras que tendríamos juntos, y ahora, iré solo.

—Quizá era un viaje que debías hacer solo. Quizá, aunque Raúl y tu abuela encontraron el cofre, siempre estuvo destinado para ti. ¿No te parece que ella buscó la forma de quedarse contigo, incluso después de la muerte?

—Eso pensé cuando abrí el cofre. En él había varios sobres y en cada uno de ellos el nombre del destino, mapas e instrucciones para la ruta. También había hojas sueltas con escritos y cartas, unas hechas por mi abuela, pero la mayoría son las que ella y Raúl hallaron en esa montaña. Aunque es difícil no saber qué encontraré en el camino.

—Tranquilo, después de todo, en medio de las encrucijadas es donde se descubren los mayores tesoros. Incluso si te pierdes, la pérdida puede ser una revelación en sí misma.

—A veces hablas con la sabiduría de alguien que ha visto de cerca el abismo. Pareces tener todo muy claro, y yo solo soy un desastre que trata de encontrarle el sentido a la muerte.

—¿Y cómo te ha ido con eso? —Sonrió—: Conseguirle significado a la muerte, es como componer una sinfonía que resuene más allá de nuestra existencia física. Es imposible.

Su ojos se fusionaron con los míos y encontré en ellos esa chispa que impulsaba cada palabra pronunciada, y la hacía ser diferente a cualquier persona que había conocido.

—Últimamente me he sentido perdido, pero entiendo que la vida es breve, que solo somos instantes, y que depende de nosotros que valga la pena.

—Siempre he pensado que cuando no sabemos cuál es nuestro propósito, debemos salir a buscarlo —respondió Sara.

—¿Y si no lo conseguimos? —le pregunté, y ella me quitó el cabello de la cara, acercando su rostro al mío.

—Mientras lo busques conocerás personas, lugares, y vivirás cosas nuevas. Siempre he pensado que el próposito habita en el mismo acto de buscar y en todo lo que aprendas en el proceso.

—Entonces me alegra que buscar mi propósito me haya llevado a ti —le dije acercándome más hasta que nuestros labios estuvieron a escasos centímetros, y sin rastro de timidez, decidí ser sincero—: No importa que haya sido tarde, que estés con otra persona, o que nos hayamos encontrado a destiempo. Hoy brindo porque mi viaje inició contigo en el instante que te conocí. Brindo porque, aunque me siento destrozado, cada lección es una página de mi historia, y pensaba que era una mierda, hasta que en uno de los capítulos, apareciste tú, y siendo honesto, lo que deseo es que cuando vuelva de viaje, sigas formando parte de cada página de mi vida.

Las palabras salieron solas, mi mirada seguía prendada en sus ojos, y mi mano actuó por mi impulso, rodeando su cintura.

—Brindemos por la vida —soltó Sara.

—Y por la muerte —respondí.

—Y por la intrépida búsqueda de significado —agregó bebiendo un sorbo de su botella de agua para luego entregármela.

—Que nuestro viaje por la existencia sea tan inolvidable como el último acto de una obra maestra. —Bebí de la botella de agua y le mantuve la mirada perdiéndome, de nuevo, en sus ojos color miel que por la luz se veían con tonos verdes.

—Brindemos, porque cuando retornes del viaje, volvamos a encontrarnos y nuestra amistad pueda crecer —soltó Sara, bebiendo el último sorbo de la botella de agua, mientras quitaba mi mano de su cuerpo.

No pude evitarlo. La atraje hacia mi cuerpo porque mi alma me lo pedía. Porque, aun entendiendo que estaba con alguien más, necesitaba ese abrazo. Ella no se apartó. Estuvimos abrazados hasta que su móvil comenzó a vibrar y tuvo que alejarse un poco para atender la llamada.

Minutos después, estábamos en la moto de vuelta a casa, y se despidió con indiferencia, dejándome confundido. Pero en ese instante confirmé una gran verdad:

Los momentos hermosos son como luciérnagas fugaces, que dejan impregnado el rastro de su destello en nosotros, pero al final, terminan yéndose de forma abrupta dejando la duda de si ese instante tan mágico de verdad fue real.

Otro día pensando en ti

Te encontré para aprender a ser paciente.
Para querer buscarte en otra vida.
Para recordar que no siempre
puedo tener eso que quiero.

Te encontré para sentir
la eternidad en la brevedad.

Y me da igual que, por ahora,
no podamos ser.
Seguiré queriéndote,
aunque no camines conmigo
por las calles del mañana.

Y te estoy queriendo,
aunque esta noche
no sea yo quien te diga
que eres preciosa.
Que el sol siente celos
porque iluminas cada rincón
por el que transitas.

Como hojas
de un otoño sin fin,
así va creciendo
este querer rebelde
que siento por ti.

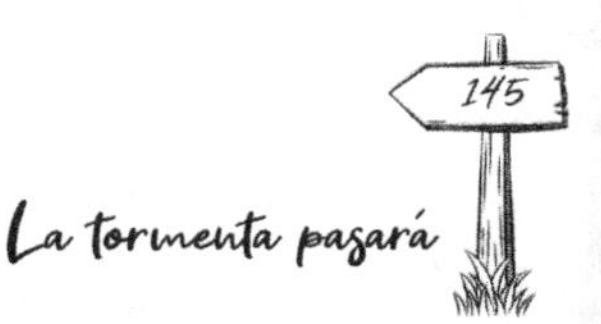

ALGUIEN DESDE EL CIELO ESTÁ CUIDANDO DE TI

Sé que te duele, que sientes que perdiste lo que amabas, y que a veces no quieres continuar, pero si lees esto es porque es necesario que sepas que sigue allí, que te está cuidando. Está orgullosa de haberte conocido y volverán a verse. Se fue a un viaje hacia un lugar mejor y está descansando, pero también te echa de menos.

Su mayor regalo es que seas feliz, que seas fiel a ti y no te rindas. Que sonrías por lo vivido y atesores sus momentos juntos en tu corazón hasta que llegue la hora de volverse a ver.

A ti que te volviste eterna:

Aunque ya no estás conmigo físicamente, mi amor sigue intacto. No puedo mentirte, extraño tu presencia, tus abrazos, tu amor, pero siento que sigues a mi lado, guiándome y protegiéndome más allá de la existencia terrenal.

A veces cierro los ojos y puedo sentir tu amor, recordándome que, a pesar de la separación, nuestro vínculo sigue intacto.

Sigo hablándote en silencio, como si mis palabras pudieran tocar el cielo, y siento que estás escuchándome.

Tu partida me ha enseñado a valorar cada instante. Me recordaste la fragilidad de la vida y la importancia de expresar amor.

Te extraño y siempre voy a darte las gracias. ¡Gracias por enseñarme lo que significa amar incondicionalmente!

POSDATA: *Hasta que volvamos a encontrarnos te mantendré cerca en mis pensamientos y en mi corazón.*

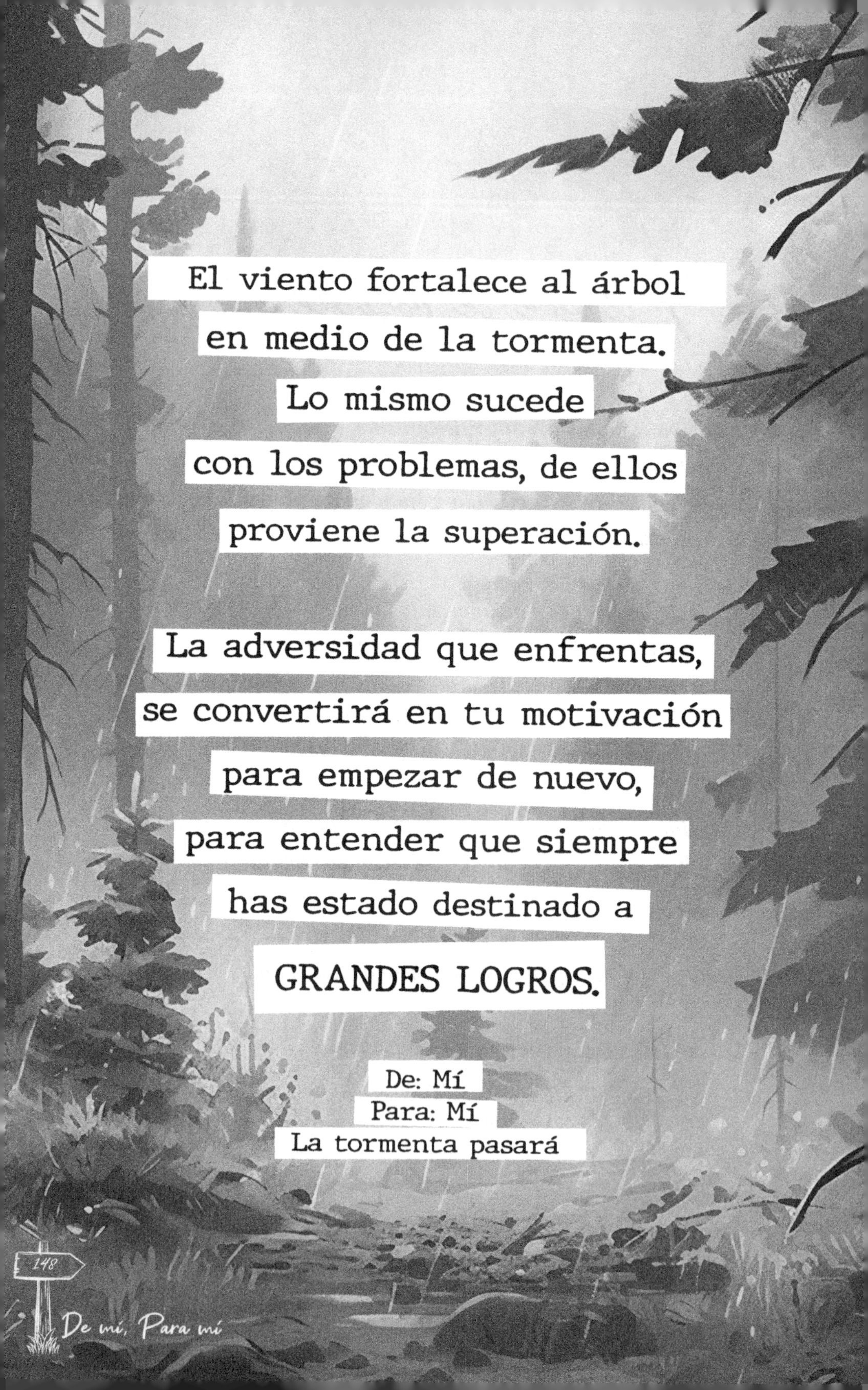

El viento fortalece al árbol
en medio de la tormenta.
Lo mismo sucede
con los problemas, de ellos
proviene la superación.

La adversidad que enfrentas,
se convertirá en tu motivación
para empezar de nuevo,
para entender que siempre
has estado destinado a

GRANDES LOGROS.

De: Mí
Para: Mí
La tormenta pasará

MI ABUELA SIEMPRE DECÍA:

DIOS DESHACE TUS PLANES CUANDO ELLOS
ESTÁN A PUNTO DE PERJUDICARTE,
Y MUCHAS VECES, LO QUE TÚ PERCIBES
COMO UN FRACASO, MÁS BIEN SE TRATA
DE UNA INTERVENCIÓN MÁGICA
QUE TE GUÍA HACIA UN DESTINO MÁS
SIGNIFICATIVO Y MUCHO MEJOR.

De: Mi
Para: El amor que se fue

Después de tu partida he intentado buscarte en los atardeceres, en las canciones que tanto te gustaban, en los cafés por la tarde y en los viajes en el auto donde disfrutabas ver por la ventana y sonreías sorprendida al observar las nubes.

El viaje continúa y yo sigo extrañándote. Duele caminar las mismas calles en las que paseábamos juntos, y ver atardeceres sabiendo que nunca más tendremos esas conversaciones.

Algunos días estoy bien, en otros ni siquiera me encuentro, pero sigo aquí escribiéndote como si me pudieras leer, y diciéndote que aunque el final fue lo único seguro, volvería a vivir cada momento a tu lado, aun sabiendo que vas a despedirte.

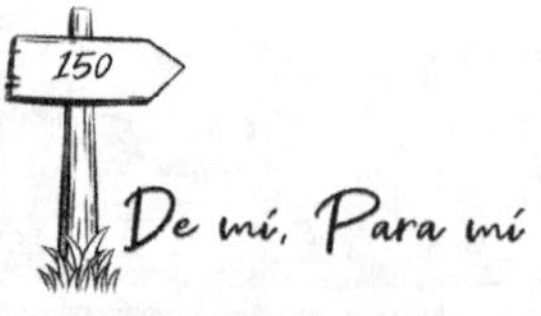

HAY CONEXIONES
QUE JAMÁS CADUCAN.
LA "ETERNIDAD"
NO SIGNIFICA
ESTAR SIEMPRE JUNTOS,
SINO DEJAR
TU HUELLA.

Y UN DÍA DECIDISTE
BUSCAR EN TI
LO QUE ANTES BUSCABAS
QUE TE DIERA ALGUIEN MÁS.

DESDE ENTONCES
NO ESPERAS POR NADIE
NI INSISTES EN DONDE
NO TE DEMUESTRAN INTERÉS.

De: mí
Para: mí

LA CONEXIÓN EXISTE,
PERO MIS GANAS SE FUERON.
TU OPORTUNIDAD CLAUSURÓ
CUANDO PERDONÉ TUS ERRORES
Y LOS CONVERTISTE EN HÁBITOS.

A ti que sigues de pie:

Nadie sabe lo difícil que ha sido para ti. Estás atravesando cambios y sientes que echas de menos lo que te daña, pero por algo te fuiste. Has pasado por mucho, pero sigues de pie. Quizá esta noche te duele el alma, extrañas lo que no está a tu lado y sientes que tu presente no será tan bueno, pero te equivocas. Entrégate al ahora y deja de mirar hacia atrás. Después de pasar por tanto te mereces lograr tus metas, y los que no confiaron te mirarán sorprendidos.

Justo ahora estás en el lugar adecuado, estás en el momento perfecto y solo tienes que verlo.

De: mí
Para: mí

A ti que lo entregaste todo:

Aunque te hayan pagado mal, lo que diste regresará a ti multiplicado. Lo diste todo, y no te merecías la forma en la que fuiste tratado, pero no te arrepientas. Dios se encargará de poner las cosas en su sitio. Solo recuerda que es de valientes perdonar a alguien que ni siquiera fue capaz de disculparse.

La tormenta pasará

COSECHAS LO QUE SIEMBRAS - NICK Z.

Día 25 de viaje

En medio de mi ruta hacia el siguiente destino, me topé con un agricultor que observaba detenidamente su campo desprovisto de frutos. No sé qué me motivó a acercarme, pero quise brindarle mi apoyo. Su cosecha había fracasado y pensé que necesitaba ayuda.

—¿Hay algo que pueda hacer por usted? —pregunté situándome a su lado a observar el campo vacío—. No tengo mucho dinero, pero sí lo suficiente para que su familia y usted puedan comprar comida y resolver por unas semanas, quizá un mes —me animé a decir.

No quería que creyera que sentía pena, pero a lo lejos, en su casa, había una señora con una bebé en los brazos, que supuse era su hija. Pensé en tantas cosas. ¿Cómo podría sostener a su familia? ¿Qué comerían? Muchas preguntas viajaron por mi mente en menos de un minuto, hasta que el agricultor habló:

—Admiro su capacidad de pensar en otros, incluso cuando no le sobran los recursos. Quiere aportar porque ha visto la derrota del otro, y eso, lo hará tener una fila de oportunidades en su vida tocándole a la puerta, pero no necesito que me ayude, aunque mi familia y yo agradecemos profundamente su intención.

—¿Está seguro? —pregunté. Él asintió mientras se arreglaba su sombrero y me dedicaba una sonrisa amable, despreocupada y llena de paz—. ¿No se siente frustrado? —Quise saber. El agricultor negó con la cabeza y comenzó a caminar invitándome a seguirlo.

—Permíteme contarte la historia de este campo. Es un gran aprendizaje que siempre he querido compartir con alguien, pero nadie se ha acercado a mí desde hace mucho tiempo. Los viajeros pasan por esta vía para seguir su ruta hacia los demás pueblos, desde hace años cuando ven que mi cosecha no da frutos, mantienen sus distancias por miedo a que les pida dinero. En cambio tú, no solo te acercaste, sino que me ofreciste tu apoyo. Pudiendo irte al verme derrotado, preferiste tenderme tu mano —dijo mientras frenaba el paso junto a un árbol centanario, sentándose en él.

—¿Quiere decir que su cosecha nunca da frutos?

—Depende de la cosecha, y puedes tutearme, porque a partir de hoy, vamos a convertirnos en grandes amigos. Que te pararas a ayudarme me ha devuelto la esperanza en la gente, esa que tenía perdida. Por eso, quiero contarte la leyenda de este árbol.

No supe qué responderle y me quedé observándolo. Vestía ropa limpia y de buena calidad. No tenía las manos llenas de tierra, ni tampoco se veía sucio, o desnutrido. Su contextura era fuerte y su actitud llena de seguridad en cada palabra que pronunciaba.

—Hace años, este árbol enfrentó el doloroso proceso de germinar y de echar raíces. En su crecimiento, sintió dolor, pero perseveró en silencio aguantando lo que implicaba transformarse. Después de un tiempo, finalmente fue superando las adversidades y vivió el resto de su vida en profunda paz —explicó el agricultor señalando hacia el campo vacío que habíamos dejado atrás y continuó—: Así como sucedió con el árbol, también sucede con la vida. Hay inconvenientes, pero es necesario vivir el proceso. No temo haber perdido la cosecha; solo es un problema, y los problemas se resuelven, pero si nos quedamos inmóviles, entonces, ¿cómo tomamos las previsiones para la próxima siembra en las tierras de la vida?

El agricultor, sin esperar mi respuesta, se levantó del árbol y me guio hasta bordear el lago de sus tierras. Caminamos en silencio durante varios minutos, hasta que volteó a verme y con una sonrisa brillante comenzó a hablar:

—Hace muchos años, yo fui como el árbol. Estuve a punto de darme por vencido. Mi esposa y yo dependíamos de la tierra, esa que estaba negada a darnos fruto. Antes, los viajeros se detenían y me pedían comida para su trayecto. A todos les daba provisiones para que pudieran soportar las largas horas de caminata. Ellos me trataban con cariño y se jactaban de ser mis amigos. A muchos les presté dinero, o les regalé semillas. Era el agricultor más querido de este pueblo y me sentía feliz de tener amigos que creí familia, hasta que llegó la plaga y me empezaron a llamar el agricultor *maldito*.

—¿Tus amigos? —pregunté.

—Ellos me querían en los frutos, pero no en la siembra. Y cuando mi cosecha se pasmó, simplemente desaparecieron. Sufrí mucho hasta que entendí que la crisis me estaba haciendo un favor: me estaba abriendo los ojos.

—¿Ninguno te brindó su ayuda?

—Eres el primero que se detiene en una década y siempre tendrás un lugar en mi mesa. En cuanto a ellos, la vida me liberó de falsa compañía y me dio la cosecha más grande que se haya visto, no en este pueblo, sino en la ciudad.

—Perdón, ¿es una metáfora? —pregunté sin querer ser grosero, pero su cosecha era un campo devastado de tierra contaminada, supongo que por la plaga.

Él siguió caminando sin responderme, y yo le seguí el paso esperando una palabra, pero el agricultor sonrió mientras atravesábamos un puente y solo al terminar de cruzarlo, cortó el silencio:

—Mis cosechas siguieron fallando, y tuve que trabajar en otras cosas para llevar dinero a casa. Casi no dormía y estaba exhausto, pero no desistí. En el escaso tiempo libre decidí aventurarme en nuevas tierras y con nuevos métodos para tratarla. No fue sencillo, y tras incontables intentos..., lo imposible se hizo realidad: mis campos rebosan de frutos y soy un hombre rico. —El agricultor extendió su mano señalando hacia el horizonte y mostrándome un campo con tonos cálidos y dorados, que resaltaba la opulencia y se extendía ante mi asombro.

Eran kilómetros de tierras desplegándose como un tapiz colorido, con hileras de cultivos extendiéndose en armonía. Campos de trigo danzaban con el viento, mientras que más allá, los maizales alzaban sus tallos erguidos hacia el cielo de forma impresionante.

Seguimos caminando y me sorprendí al encontrar huertos repletos de árboles frutales, cuyas ramas se doblaban con el peso de manzanas, peras y duraznos.

Las viñas, como enredaderas de esmeralda, se extendían a lo largo de vastas extensiones, prometiendo el néctar de la uva que pronto se convertiría en vino.

En el centro de lo que me pareció el edén, se alzó un mar de campos de trigo, como una ola dorada a punto de romper en la orilla de la riqueza. Los granos, pesados y rebosantes, parecían desafiar las leyes de la naturaleza, y yo quedé estupefacto ante tal magnitud y en ridículo por pensar que el agricultor necesitaba de mi ayuda.

—Estos campos, mi estimado amigo, son el fruto de la persistencia, la fe y la paciencia. Aquí la cosecha no solo es una fuente de riqueza, sino un tributo a la conexión entre el hombre y la tierra. Pero ya no quiero falsos amigos. Por eso aún mantengo mi terreno infértil, que al final también es una gran cosecha. Porque allí sembré la confianza en mí. Allí entendí que no todo lo que brilla es oro, y que gracias al fracaso conocí la verdad de esas personas a las que les entregué todo. Mantengo mis frutos ocultos detrás de esas tierras que ya nadie quiere conocer porque piensan que están malditas. Al final, ellos ven solo el exterior. Ellos creen que fracasé y yo prefiero que sea así. Pues, mi estimado, en un mundo que vive de las apariencias, es mejor mantenerse lejos de los que solo codician lo que tienes y no son buenos amigos. Lo único que pedía era encontrar a alguien, y Dios me lo otorgó. Llegaste tú.

—¿Encontrar a alguien para qué? —pregunté, en medio de mi asombro.

—Para contarle la leyenda del árbol, que no es más que la leyenda de la vida, de la persistencia y del propósito secreto. Necesitaba a alguien de buen corazón para compartir parte de mis riquezas. La leyenda del árbol dice que solo aquellos que enfrentan la adversidad y persisten, merecen la verdadera recompensa, y entre todos, durante varios años, fuiste el primero, que teniendo poco a nivel material, tuvo mucho en su corazón para acercarse a ayudar a un pobre agricultor desesperado. Ahora soy yo quien quiere brindarte su ayuda.

—No puedo aceptarlo, pero agradezco su bondad. Si lo ayudé no fue para recibir algo a cambio, pero sus campos son impresionantes para mantenerlos ocultos solo porque le han fallado. Quizá es tiempo de que le diga al mundo lo que tiene para ofrecer, en vez de mantener a usted y a su familia alejados de la sociedad, por miedo a que lo hieran. Perdón que me entrometa, pero siento que no se trata de dejar de querer porque nos hayan fallado, sino de saber escoger a quiénes le damos la oportunidad de entrar en nuestra vida. A partir de ahora, estoy seguro de que sabrá discernir entre quiénes lo quieren de verdad y quiénes solo añoran su riqueza —le dije, extendiéndole la mano dispuesto a irme cuando vi que mis palabras lo habían descolocado.

Sus ojos se inundaron de lágrimas, pero logró contenerse.

—Yo pensé que te daría un gran aprendizaje, y fuiste tú, viajero, quien acaba de cambiar mi perspectiva de la vida con esta lección que me has dado. Permíteme el honor de una cena.

Esa noche cené con él y su familia, e intercambiamos números. No solo tenía una hija, tenía ocho hijos mayores que lo ayudaban con las tierras; todos amables y brillantes. Pasé la noche en la habitación de huéspedes y a la mañana siguiente, cuando estuve a punto de irme, me recordó:

—Cuando quieras rendirte, recuerda que mi campo lleno de frutos es el resultado de persistir cuando la cosecha parece no servir. Tú me ayudaste a creer de nuevo en la gente, y yo espero que cuando me recuerdes sepas que, si insistimos, la derrota inicial puede conducirnos a la mayor de las victorias.

*No subestimes el poder
de una pequeña semilla,
en ella reside el potencial
de un bosque.*

Todo llega en su momento,
como el amanecer
después de la noche más oscura.

Cada cosa tiene su tiempo.
Cada cambio te lleva
hacia un destino mejor.

Lo que es para ti, buscará quedarse.
Lo que no, se cerrará. Pero,
cuando las puertas se cierran,
el universo conspira para traerte
algo mucho mejor.

De: Mí
Para: Mí
La tormenta pasará

Querido viajero:

A lo largo de la vida conocerás personas, vivirás historias, y algunas de esas historias durarán poco. Otras, serán igual de fugaces, pero aunque se vayan, buscarán la forma de plantar una casa en tu corazón. Lo importante es valorar sin retener y amar libremente. Te estás acercando al gran maestro, y es necesario que sepas que no es meritorio que por verlo, él vaya a sucumbir en la necesidad de contarte el secreto de la sabiduría. Recuerda que si no estás preparado, aunque tengas el conocimiento en frente, no podrás llegar a él.

Mi consejo es que vacíes los juicios de tus pensamientos, porque para alcanzar la sabiduría debemos liberarnos de las críticas. Aquellos que viven de juicios no logran elevarse espiritualmente, porque en medio de su falsa creencia de superioridad, están socavando su propio espíritu.

Es importante que vayas por encima de cualquier límite mental, y sepas que depende de ti que el jardín de tu mente sea un lugar seguro. ¿Cuántas veces te has dicho que no puedes? ¿Cuántas veces dudaste de ti o de lo que podías alcanzar? ¿Cuántas veces te entristeciste por eso que te falta, en vez de valorar lo que sí tienes? Tienes talentos ocultos, y puedes convertirte en alguien mejor de lo que alguna vez soñaste ser. Ten paciencia, pero no te confíes. No te quedes inerte. Respira, agradece y sé constante en el trabajo de mejorar por dentro. Todos los días cultiva el jardín de tu interior, no des nada por sentado, tampoco te tomes nada personal y valora el presente. Aprende a amarte a ti mismo y no te niegues nada, porque el universo te escucha. Practica el arte de la visualización. Desea en grande y enamórate de cada parte de tu ser.

RECUERDA: *El viaje continúa y es tiempo de vaciar las limitantes mentales, de saber que las crisis existen, y lo importante es gestionarlas sin que te paralicen y te destruyan.*

DESTINO 4

PERDIENDO EL MIEDO A PERDER

A PARTIR DE HOY:

SI ME FALLAN, LO COMPRENDO Y ME ALEJO.
SI FRACASO, APRENDO Y VOY DE NUEVO.
AVANZO SIN VICTIMIZARME.
TOMO LAS DECISIONES DE MI VIDA,
Y LAS RIENDAS DE MI DESTINO.
SI ME EQUIVOCO, ME DISCULPO Y ENMIENDO.
SI FALLO, ME PERDONO Y APRENDO,
PORQUE DE ESO SE TRATA LA VIDA.
TODO ES UN APRENDIZAJE.

AMORES TARDÍOS - NICK ZETA.

Día 28 de viaje

A las seis de la tarde llegué a un pueblo rodeado de casas pequeñas y de varios hoteles. Los turistas iban a practicar esquí y a relajarse en las montañas, pero yo iba guiándome por mi mapa, que marcaba en rojo el hotel al que debía ingresar.

Dentro del cofre de viaje donde estaban los mapas, y *la página perdida*, también había un sobre que iba acompañado con una instrucción concreta:

«Entrégalo a la persona correcta. Llegado el momento, confío en que sabrás quién es».

—Habitación 11 —dijo el amable anciano encargado de mi recepción—. A partir de las nueve empieza el solo de piano en la taberna, y la cena se sirve desde las ocho hasta las nueve y treinta. Bienvenido al Flor de Loto, que su velada con nosotros le brinde el descanso y la tranquilidad que necesita.

—Muchas gracias —respondí, y seguí rumbo a mi habitación.

Una vez en mi recinto no dejé de pensar en el sobre y estuve tentado a abrirlo, pero me contuve. Decidí bañarme y me acosté a reposar, pero terminé quedándome dormido. Tenía días sin dormir en tal comodidad, y casi pierdo la cena por despertarme tres horas después.

Eran las 9:14 cuando me apresuré a bajar directo a la taberna, con el estómago rugiéndome del hambre.

Cuando ingresé, todo esaba alumbrado por las luces de las velas. Eran aproximádamente como cien velas situadas en las mesas y ventanas, logrando un ambiente tenue, acogido por la penumbra y por la música. El mismo anciano de la recepción, con cabellos plateados y ojos azules, arrancaba notas melódicas del piano, que parecían susurrar secretos del pasado. Sus dedos se movían con una gracia que me pareció sublime. Era como si, con cada tecla, respondiera a las historias imposibles, envolviéndolas en un hechizo encantador.

Me senté a comer disfrutando de su música, pero mi mesa estaba lo suficientemente cerca como para notar que el anciano lloraba. Tocaba con sentimiento, y cada nota estaba impregnada de una tristeza que se filtraba en todos los rincones de la taberna, mientras los demás, absortos en la ejecución maestra, detenían sus conversaciones para dejarse llevar por la sinfonía que fluía de esa alma vieja repleta de nostalgia y sufrimiento.

Su rostro, marcado por los surcos del tiempo, se llenó de lágrimas, y sentí que conocía su dolor, o que él conocía el mío y podíamos compartirlo a través de su música.

Terminé de cenar, pero no me levanté. Ni siquiera me di cuenta de que el tiempo seguía transcurriendo. De pronto, percibí que solo quedábamos nosotros. Él había tocado por más de una hora, y sus ojos seguían fijos en las teclas, como si buscara algo perdido en el eco de cada acorde. La música fluía como un río que lleva consigo la tristeza y la profundidad de alguien que necesita sacar de adentro eso que le está haciendo daño.

Me quedé hasta que la última nota se desvaneció en el aire, y el anciano, con un suspiro contenido, cerró los ojos dejando caer sus lágrimas como si dejara atrás un pedazo de su propia historia.

El silencio se apoderó de la estancia. Ninguno de los dos pronunció una palabra en segundos que se volvieron interminables, y era como si nuestras tristezas hicieran música con el silencio.

—¿Verdad que la música es como el eco de los suspiros del alma? —El anciano fue el primero que habló y se levantó de la silla del piano para dirigirse a mi mesa y sentarse junto a mí.

—Siendo honesto, nunca había escuchado algo tan conmovedor. Tiene un gran talento.

—Cada nota es una página de mi vida. Cada una de ellas es la expresión del amor que va más allá de los límites del tiempo, y que por partes iguales se convierte en dicha y en condena.

—¿A qué se refiere? —pregunté y el anciano se tomó el tiempo para servir más vino en mi copa.

—Hoy estoy despidiendo al gran y eterno amor de mi vida. A la mujer que más he amado.

—¿Por qué despide lo que ama? —volví a preguntar.

—Porque la muerte tocó a la puerta para decirme la verdad de forma cruel: ella nunca volvió a mí.

—Todavía está a tiempo de ser usted quien vaya a buscarla —le alenté—. Hace poco me dijeron que nunca es tarde para lo que es importante.

—Que tú estés aquí, muchacho, es lo que hace que mis lágrimas salgan y tenga un vacío en el corazón.

—¿Y quién soy yo para tener tal poder? Acabo de conocerle.

—Que estés aquí significa que la mujer que amo murió —aseguró el anciano, que parecía haber bebido más de la cuenta.

—Está confundiéndome con otra persona, pero ya debo irme. Que tenga una feliz noche. —Me levanté de la mesa.

—Si estás aquí es porque Aurora te entregó *la página perdida* y el cofre que conseguimos juntos. Que hayas venido sin ella significa que falleció, de lo contrario habría cumplido su palabra. Prometió hacer el viaje contigo y agregar mi dirección para un último encuentro. Pero no está. No ha venido porque yace en otro plano, y tú..., estás haciendo *el gran viaje.*

Me quedé impávido tratando de unir los puntos y todo cobró sentido: *El cofre, los sobres, las cartas, el mapa con la dirección del hotel. El viaje que sería de ellos, y ahora es mío.*

Era Raúl.

El gran amor de mi abuela.

—Hay amores que llegan tarde, como la primavera que no pudo encontrar al invierno, pero aun así lo amó.

—Raúl...

—Sí. —Respiró profundo como si tratara de conseguir las palabras—: Mi nombre es Raúl, y soy ese que llegó tarde.

—¿Y qué se hace cuando se llega tarde?

—Se celebra el amor a distancia en los suspiros perdidos, en las melodías que resuenan en la memoria. Aunque las manos no puedan tocarse, los corazones permanecen entrelazados.

—¿Por qué si ambos se amaban, se negaron la felicidad?

—Su matrimonio fue arreglado por sus padres. Cuando la conocí ya tenía una hija. No amaba a su esposo, pero sabía que de arriesgarse podía perderlo todo. Y no hablo del dinero, sino de su hija. Nos enamoramos profundamente, pero el miedo ganó la batalla, hasta que después de mucho tiempo, ella decidió separarse. Por fin, podríamos compartir una vida juntos.

—¿Y qué sucedió?

—Naciste tú y tu madre no pudo cuidarte; era joven. Así que Aurora tomó la decisión que creía correcta: cuidarte.

No supe qué decir, pero recordé los golpes que le daba mi abuelo, los gritos, y todo lo que tuvo que soportar para poder darme estabilidad. A pesar de su propio sufrimiento, se encargó de que tuviera una infancia feliz, llena de su amor.

—¿Te molestaste porque no se fue contigo?

—Nunca podría. Ella me enseñó a tocar las notas de un amor postergado. Una sinfonía en la que los acordes son dulces, pero la partitura se desvanece en aquello que quisimos y no pudo ser. Ella siempre será esa musa esquiva que se perdió en los pliegues del tiempo. No puedo juzgarla y menos por ser una gran madre. Ella tomó la decisión correcta y la prueba de eso eres tú. Así que ambos decidimos que la danza de la vida continuara sin nosotros, pero nuestro amor nunca dejó de bailar.

—¿No lamentas no haber podido hacer más?

—El pesar es un plato habitual en la mesa de los recuerdos, pero el amor verdadero, incluso si llega tarde, es un festín que solo conocemos cuando nos atrevemos a degustarlo. Nuestra historia juntos duró lo suficiente para convetirse en inolvidable.

—Después de ella, ¿te volviste a enamorar?

—No volví a enamorarme porque nunca dejé de estar enamorado. Nuestro amor fue como encontrar el sentimiento más hermoso del mundo. Aunque no pudimos mantenernos juntos, nuestro amor nunca se separó, muchacho. Ella tomó la decisión correcta y ahora entiendo que te convertiste en su tesoro.

—¿No sientes celos de mi abuelo?

—Tu abuelo tuvo a su lado la estrella más brillante, y en vez de dejar que iluminara su alma, durante todos sus días trató de apagarla y no lo logró. Por él jamás podría sentir celos, sino una profunda compasión.

—Tengo algo para ti —le dije cortando el rumbo de la conversación, porque me afectaban sus palabras.

Mi abuelo la había menospreciado toda la vida. No la merecía. La trataba como si ella fuera insignificante.

Le pedí a Raúl que me esperara y subí rápido a mi habitación a buscar el sobre. Cuando llegué, él lo abrió frente a mí y leyó para él la primera carta, porque dentro de ese sobre, habían varias cartas escritas a mano por mi abuela.

Las lágrimas fueron adornando un rostro enmarcado por el paso de los años. En ese instante quise haber tenido la oportunidad de que él fuera mi abuelo. De haber vivido mi vida con un hombre así de noble, pero sobre todo, con alguien capaz de hacer feliz a mi abuela y tratarla como se merecía.

—En ocasiones el amor requiere la gracia de la renuncia, y la elegancia de desear el bienestar del ser amado, incluso cuando no podemos ser nosotros los arquitectos de su felicidad. El tiempo es corto cuando se ama, y esperaré las vidas que sean necesarias hasta que, por fin, llegue a tiempo. Ella merece cualquier espera —fue lo que dijo, antes de estrecharme la mano—: Cuando veas al maestro recuerda vaciar tus pensamientos predispuestos, y dejarte guiar por la nobleza de tu corazón, muchacho. Fue un gran placer conocerte. Te pareces a ella. Tienes sus ojos y presiento que también heredaste su bondad. Aurora hizo un gran trabajo criándote, y te aseguro que está con nosotros esta noche, sonriendo por este encuentro y feliz de que hayas sido tú quien siguiera las pistas de ese viaje que haríamos juntos. No sientas pesar. Te aseguro que desde el inicio, cuando el monje nos consiguió en la montaña y nos dio el cofre, desde ese día, siempre estuvo escrito en las estrellas que, años más tarde, un muchacho con alma pura hiciera el recorrido y escarbara en lo profundo hasta tallar en las rocas el secreto de la sabiduría.

Lo que siempre quise decirte

Me enseñaste que algunas oportunidades no pasan dos veces, y me pesa no haber sido lo suficientemente valiente para decirte lo que siempre he sentido en lo más profundo de mi ser: Te he amado con la intensidad de mil soles.

Te pido perdón por no haber sido valiente, por no haber arriesgado el confort de la rutina por la posibilidad de una vida compartida. Tuve miedo. Me asustó la posibilidad de perder a mi hija, hasta que entendí que hay guerras que son necesarias por el valor de la recompensa. Lo entendí tarde y nos fallé a ambos.

Recuerdo como si fuera ayer aquella tarde de junio. Con las maletas hechas esperé el momento de irme a tu lado. No me llevé mucho, porque contigo ya lo tenía todo. Tampoco di muchas razones. Dije la verdad: iba a irme porque no era feliz a su lado, porque jamás supo llegar al lenguaje de mi corazón. Iba a irme porque mi alma necesitaba seguir el camino que anhelaban sus deseos, y ese camino eras tú.

A las seis de la tarde llegó mi hija. Apenas acababa de cumplir diecinueve años. Su rostro estaba magullado. La nariz todavía botaba gotas de sangre que salpicaban en el tapete blanco de la sala. Sus ojos estaban enrojecidos y los pómulos golpeados, al igual que su labio inferior, que tenía una raja.

—Estoy embarazada —me dijo tapándose la cara—: Lo lamento. Papá quiere que aborte. Perdóname. Fue él quien me golpeó.

—Te juro que nunca más volverá a tocarte, y tu hijo sí nacerá —dije besando sus heridas inmersa en desesperación—: Vámonos lejos.

—No puedo irme contigo, mamá. No quiero irme de mi casa, ni mudarme lejos. Aquí está mi vida y no voy a dejarla, no puedo —sus palabras fueron cuchillos para mi alma porque significaban que mi vida a tu lado no sería una realidad.

Esa tarde me enfrenté a él, le dije que no iba a abortar, que yo la ayudaría a criar al bebé. Peleamos, gritamos, y lo golpeé con las fuerzas que había acumulado, saliéndome de mi centro, y no me arrepiento porque nunca más la volvió a golpear.

Debí llevarme a mi hija aunque fuera a la fuerza, y solo quiero que sepas que nunca dejé de amarte. En estas cartas están mis sentimientos en esos días donde quise escribirte, pero no era justo. Tú merecías conseguir la felicidad con alguien que sí estuviera a la altura de tu corazón, y que sí pudiera quedarse, Raúl.

La noche de nuestra despedida

Esa noche, cada paso que di hacia el muelle estaba cargado de equivocación, Raúl. Ni siquiera sé si algún día podré darte estas cartas, pero una parte de mí tiene la esperanza de que podamos vivirnos. Me acunaste en tus brazos y yo me desvanecí llorando por lo perdido. Llorando por las noches que no viviríamos, por la felicidad que estaba escapándose de mis manos. Por el miedo de abandonar a mi hija y a ese futuro bebé que ya estaba amando. Ese por el que estaría renunciando a nosotros. Había más soluciones, pero el miedo de dejar a mi hija con el monstruo me impidió darme cuenta de que estaba abandonándome a mí por miedo al futuro. Por miedo a que él pudiese quitármelos, haciendo uso de sus contactos y su poder. Debí ser valiente. Debí luchar por ti. Debí irme contigo y llevármela a la fuerza y no lo hice.

—Yo te estaré esperando, Aurora. Mi amor no tiene una fecha límite y no pone condiciones. Mi amor es paciente y te apoya cuando no te consigues, como ahora mismo que no necesito que digas una palabra para saber que no vendrás. Mi amor te ama, aunque tú no lo ames de vuelta.

—Yo te amo, pero... —intenté explicarte en medio de mi llanto, y las palabras se escuchaban con dificultad. El nudo en mi garganta se estaba llevando todo a su paso, y ni siquiera pude contarte lo que pasaba.

—No es necesario que digas nada más. Entiendo que, aunque me amas, no es suficiente. Entiendo que también lo ames a él.

—No... —intenté decir y me abrazaste más fuerte, secaste mis lágrimas y me apretaste hacia tu cuerpo con dulzura.

Las olas chocaban contra el muelle, el mar estaba tan revuelto como mi corazón, y tú derramaste unas lágrimas, pero mantuviste la entereza. Fuiste fuerte por los dos.

—Desde que te conocí creaste melodías en un mundo que estaba ensordecido y apático. Me regalaste horas que valen más que una eternidad. Sabía que estabas con alguien, y fui yo quien se arriesgó. Volvería a hacerlo. Volvería a vivir nuestra historia, aunque no me escojas. Aunque te quedes en el confort de un amor por costumbre. Yo siempre volvería a elegirte. El tiempo a tu lado me volvió inmortal en medio de un mundo en el que era

extranjero y ahora, voy a irme a vivir mi sueño. Compré la posada y le he puesto Flor de Loto, en honor a ti. Porque a pesar de enfrentar condiciones desafiantes, demuestras tu capacidad para elevarte por encima del agua, demostrando fuerza y resiliencia. Eres equilibrio en medio del caos, Aurora.

Te abracé fuerte queriendo que ese instante nunca acabara, y recordé esa mañana cuando me llevaste a un lago repleto de flores de loto, y me dijiste: «Te he traído aquí porque eso eres para mí. Eres una Flor de loto, porque igual que ellas, creces en medio del lodo, con personas que te han hecho daño, que te menosprecian, que no valoran lo que haces día a día, y solo te resaltan lo negativo. Vives con alguien que no escogiste, pero, aun así, igual que estas flores, a pesar de crecer en el lodo, tus pétalos no se contaminan. ¿Sabes por qué? Porque tienes un corazón bondadoso, que piensa más en otros que en sí misma. Eres pura de alma y quiero ser ese que está a tu lado recordándote que eres hermosa por todo lo que otros no te lo han recordado».

—Mi hija está embarazada y no puedo abandonarla, Raúl. Ella no está lista y Lorenzo quiere que aborte —te dije, volviendo de mis recuerdos—. Te amo solo a ti. Te amo con cada parte de mi alma.

Esa noche te expliqué mis razones y estuvimos juntos hasta el amanecer. Ambos queríamos desafiar la despedida. Nos amamos durante horas, recordándonos una y otra vez que nuestro amor sería eterno, hasta que te tocó partir.

Ese día me entregaste la caja del viaje, y me dijiste:

—Ya sabes dónde encontrarme. Yo estaré esperándote. Sé que este viaje te ayudará a entender que las adversidades no definen tu destino. Mientras no esté contigo, quiero que recuerdes que tu grandeza no está determinada por el entorno, sino por la resistencia y la gracia con la que enfrentes los desafíos. Criarás a un gran ser humano. Ese bebé es afortunado, y algo me dice que llegado el momento, ambos harán el viaje juntos. Que habrá otra personita que te recuerde que tu belleza radica en lo más profundo de tu ser. Estoy seguro de que te hará feliz. Y yo... Yo te amaré toda mi vida, Aurora.

Raúl, si lees esto, solo quiero que sepas que siempre serás eterno. Que incluso, cuando tenga que irme de este mundo, también te seguiré amando.

Amor inmortal

Mi alma quiere a la tuya,
sin importar imposibles,
sin intentar que te quedes,
y aun sabiendo que lo único seguro,
es que nuestro amor no se dé.

Convertiste lo fugaz en eterno
y me enseñaste que los sueños
sí se hacen realidad.

La distancia no ganó la batalla
porque hace mucho vencimos al olvido,
y ni el tiempo ni las circunstancias
nos harán renunciar.

Pusiste tu firma en mi alma,
y aunque en esta vida
no podamos estar...
Este amor inmortal
te añorará en los silencios,
te admirará en las sombras,
y aunque me vaya de este plano,
jamás morirá.

De mí, Para mí

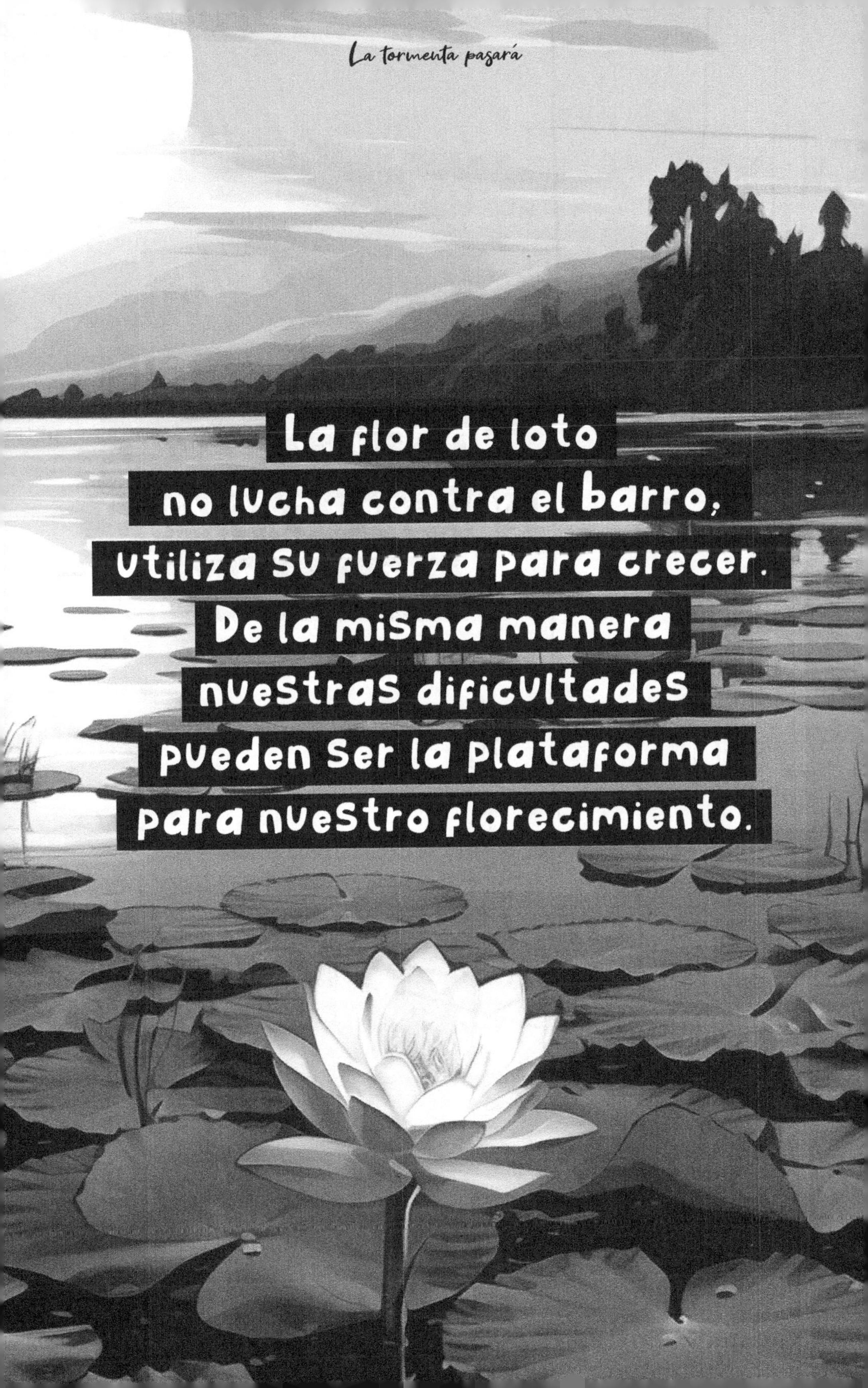

La flor de loto
no lucha contra el barro,
utiliza su fuerza para crecer.
De la misma manera
nuestras dificultades
pueden ser la plataforma
para nuestro florecimiento.

ERES EL AMOR QUE
NO SE ME DIO, PERO
QUE VOY A EXTRAÑAR,
TODA MI VIDA.

De: mi
Para: mi

Nuestro amor es...
como un poema no escrito,
perdido en las páginas
de una realidad que quiso,
pero nunca llegó a ser.

Nuestro amor es...
como dos estrellas distantes,
que siempre
permanecerán unidas
brillando en medio
de la imposibilidad.

UNA CARTA DESDE EL CIELO NECESITA SER LEÍDA POR TI

HOY ME SIENTO A TU LADO.
ESTOY CERCA DE TI.
NO PUEDES TOCARME,
Y TE SIENTES SOLO,
PERO NO ES ASÍ.

SÉ QUE FALLECÍ Y NO VIVO EN LA TIERRA.
SÉ QUE TE FUISTE LEJOS DE TI MISMO,
BUSCANDO UN POCO DE MÍ.

SÉ QUE HAS GRITADO DE FRUSTRACIÓN,
Y YO HE ESTADO SOSTENIÉNDOTE,
EN SILENCIO Y CON AMOR.

LA EXPERIENCIA EN LA TIERRA ES BREVE.
EL CUERPO SE MARCHITA,
PERO EL ALMA SIGUE INTACTA.

POR ESO TE ESCRIBO, PORQUE ESTOY CERCA,
ACARICIÁNDOTE CUANDO TE EMPIEZA A DOLER,
BESANDO TUS CICATRICES Y CUIDANDO DE TI.
ELIMINA LAS CULPAS PORQUE NO LAS TIENES.
NO PODÍAS HACER NADA POR MÍ. ERA MI TIEMPO.

POR FAVOR, SIGUE ADELANTE, QUE YO ESTARÉ
EN PRIMERA FILA, ORGULLOSA DE TUS LOGROS.
BÚSCATE Y CONTINÚA, QUE NUNCA ME PERDERÁS.

Hay días difíciles, días de frustración, de rabia, de ganas de mandar a muchos a la mierda y desaparecer por un tiempo. Días en los que lloras por quien no debes, y abres los ojos ante falsas amistades tratando de entender qué fue real. Hay días en donde te das cuenta de que se burlaron de ti, de que te estaban utilizando. De que no diste dos, sino muchas oportunidades, y tropezaste una y otra vez con la misma piedra hasta que fue muy difícil poder levantarte, pero aun así lo hiciste. Cuando pensabas que eras más débil, encontraste tu fortaleza interna.

Hay días de renacimiento, en los que sacas a bailar a la alegría y tienes ganas de conquistar el mundo. Días en los que te reinventas, conoces nuevas personas y sonríes porque el sol salió, porque el camino te muestra otro horizonte y sabes que no eres responsable de salvar a nadie, más que a ti mismo. Que tu única obligación es ir a la raíz de tu ser y convencerte a ti mismo de mejorar. De tener la mejor energía y no perder el tiempo con personas que solo buscan apagarte.

De: Mi.
Para: Mi

NOTA PARA MÍ

NO TE PERMITAS NUNCA MÁS
SER LA DUDA DE ALGUIEN.
VALES MUCHO PARA QUEDARTE
DONDE NO TE SABEN QUERER.

Querida herida:

Aunque una vez fuiste mi carga más pesada, y un recordatorio constante de los momentos dolorosos de mi vida, hoy te veo como una parte esencial de mi historia. En realidad, eres el recordatorio de que somos capaces de amar y resurgir de nuestros peores momentos. Esta carta marca un nuevo comienzo, y el inicio de una versión más fuerte de mí. No es el final, tampoco digo que dejarás de doler, pero al menos ahora sé que fuiste una gran lección y siempre estaré agradecido por el aprendizaje.

A través de la tormenta de los malos momentos, aprendí que el perdón es un faro que ilumina el camino hacia la sanación. Aunque las heridas duelen, escojo liberarme del peso del rencor y abrir de nuevo mi corazón sin miedo a ser lastimado. Ahora, que por fin te suelto, he descubierto que tengo la capacidad de sanarnos.

POSDATA: Al perdonar, no solo estoy liberando al otro de sus errores, sino que también me permite a mí florecer como un capullo que se transforma en una hermosa mariposa. Perdonar es viajar liviano y ver adentro aquellas veces donde yo también fallé.

A mis pedazos rotos:

Durante mucho tiempo temí quebrarme y sentirme incluso más fragmentado, pero ya no tengo ese miedo. Por fin he aprendido que cada uno de ustedes, rotos o no, son parte de lo que me hace ser quien soy.

Sé que duele, pero las cicatrices son recordatorios, no solo de lo triste, sino de lo valiente que hemos sido al seguir adelante a pesar del dolor. Y hoy, sé que cada pedazo roto de mi ser es una prueba de mi fortaleza, de mi capacidad para sobrevivir y superar las adversidades. Hemos sido valientes y ya no importa cuán rotos estemos, lo que importa es que estamos y que seguimos adelante a pesar de las heridas.

Hoy suelto el temor a romperme, porque cada vez que sucede, me convierto en una versión más resistente de mí mismo. Ya no me veo como un jarrón frágil que debe protegerse de las caídas, me veo como una obra de arte en constante transformación, con colores que cambian y se mezclan en el tiempo. Que pueden tornarse oscuros, pero luego, pueden volver a ser luz.

CARTA A MI HERMANA:

Hoy quiero decirte que no importa en dónde esté, tú siempre contarás conmigo. Si un día nuestros caminos se separan, será solo distancia física porque nosotros siempre estaremos unidos, apoyándonos, sea como sea. Bajo cualquier circunstancia.

No importan nuestras diferencias o discusiones, tú siempre serás mi punto de partida. Siempre estaré para ti, aunque te equivoques, aunque hagas lo opuesto a mis consejos, y te pase lo mismo conmigo.

Nada se compara con mi amor hacia ti. Estaré a tu lado siempre. Para verte llorar o reír. Para decirte que nadie puede robarte tu luz, porque eres indomable, porque tu brillo, después de apagarse, enciende con más potencia. Y que de la tormenta, juntos... fabricaremos el sol.

Gracias por ser mi soporte. Gracias por convertirte en mi motivo para esos días cuando pierdo las ganas.

Te quiero y voy a cuidarte toda mi vida.

Léeme cuando una amistad se haya terminado:

Hay amigos que puedes querer, pero que, con el tiempo, cambian y ya no tienen nada en común. Intentas forzar que todo siga igual, para no perderlos, hasta que un día entiendes que nada será lo mismo.

Hay amistades que caducan,
pero tardamos en entenderlo.
Ahora, después de todo,
entiendo que los ciclos se cierran,
el cariño sigue existiendo,
pero la cercanía ya no.

De: Mí
Para: Mí
La tormenta pasará

Una tarde
el universo susurró
en mi oído:

"Te prometo que
cuando sea
el momento correcto,
te darás cuenta
del porqué de todo esto".

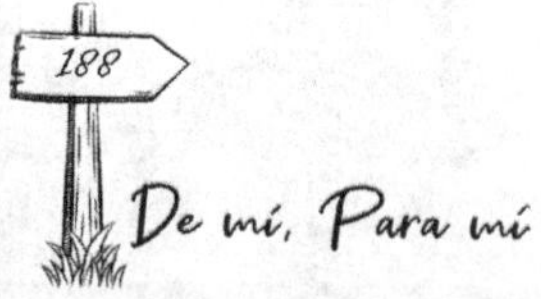

Tu ausencia se convirtió
en lo más presente que tengo.

Y la parte de mi vida en la
que estuvimos juntos,
siempre será mi favorita.

De: Mí
Para: Mí
La tormenta pasará

QUERIDA TRISTEZA:

Sé que has llevado el peso de muchas cargas que en realidad no te pertenecían, y llegó el momento de que podamos superarlo juntos.

Querida tristeza, el duelo, como todo en la vida, también tiene su ciclo, y aunque hoy te queme por dentro, te aseguro que tarde o temprano irá pasando. No dejes que el dolor se convierta en un huésped permanente en nuestro corazón, cuando nació para ser un visitante transitorio.

Es necesario soltar amores que llegaron a su fin. No hay razón para resistirse. En lugar de eso, liberemos lazos y permitamos que el tiempo cure nuestras heridas.

A veces necesitamos drenar y dejar de parecer invencibles, pero entendiendo que todo pasa y que podremos volver a estar bien.

POSDATA: Cerrando capítulos abrimos espacio para nuevas historias y oportunidades. Soltar lo que nos lastima nos llevará a una nueva fase repleta de oportunidades.

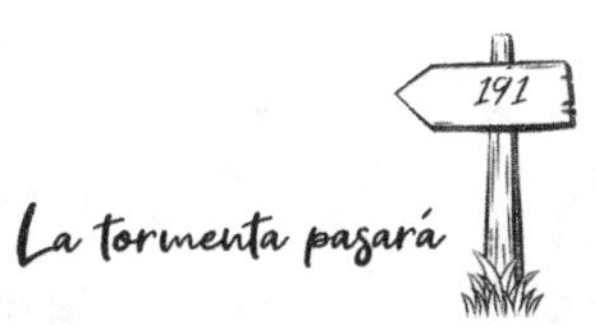

CANDADO AL CIELO - NICK ZETA.

Viajando al pasado

Tres meses antes de que mi abuela muriera, salimos a pasear juntos. La llevé en mi auto, ese que ella me había ayudado a comprar, y que estaba a punto de terminar de pagarle. Me faltaba solo un mes y por fin habría hecho la última cuota. Ni siquiera quería recibirme el dinero. Aurora era así, hacía las cosas sin esperar nada a cambio, pero nuestro trato había sido que la dejaría ayudarme solo si era un préstamo.

—Estaciónate, Nicki, quiero atravesar el puente —me pidió y tres minutos después nos encontrábamos cruzándolo.

—¿Cuál de estos es tuyo, pequeño? —preguntó señalando los candados que adornaban el puente.

—Ninguno, abuela. Dicen que es de mala suerte, que después de ponerlos las parejas suelen terminar.

—Oh, acabas de romper las ilusiones de tu vieja abuela, eres un insensible —bromeó. Segundos después pasó un niño pequeño vendiendo candados, y ella le compró uno.

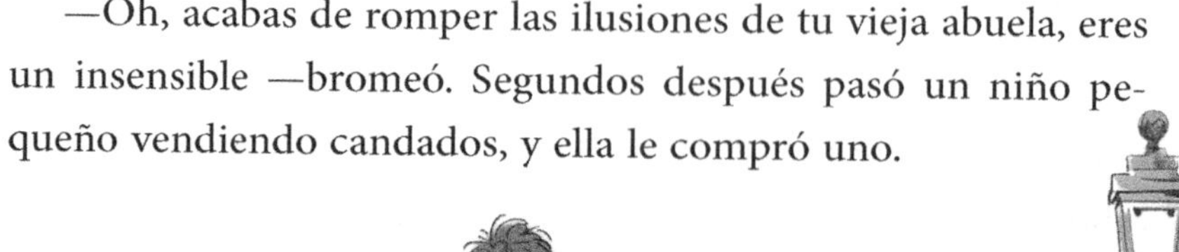

—¿Qué haces? Mi abuelo ya murió, y lo último que recuerdo es que hiciste una fiesta el día de su muerte —la fastidié y ella negó con la cabeza, sonriéndome.

—El significado que tienen las cosas depende de ti. Eres tú quien se lo da.

—¿Quieres que pongamos un candado juntos?, ¿la vejez te ha puesto más romántica? —solté dejando un beso en su mejilla.

—No, Nicki. Hoy voy a poner mi candado y un día tú pondrás el tuyo. Lo importante es que entiendas que el significado no siempre tiene que ser lo que la multitud dice que sea. No tienen que ser dos enamorados que vienen y sellan el amor profundo que se tienen en este puente. Hoy, por ejemplo, tu vieja abuela pondrá un candado que tiene su propio significado. Uno que Dios me ha brindado la sabiduría de ver, y que espero, algún día, tú también puedas ver.

—¿Y qué significa? —pregunté viéndola colocarlo.

—Significa que el amor que siento por mí es real, que me amo con mis errores y que me acepto como soy. Hoy pongo este candado porque prometo ser leal a mí para siempre, pequeño Nicki. Ojalá un día logres poner tu candado y seas fiel a ti por encima de cualquier cosa, o persona. Ojalá ames tus diferencias, te separes del rebaño, y sobre todo, que encuentres a Dios y dejes que te muestre el camino. Sé que siempre has sido un incrédulo, pero Dios no necesariamente debe tratarse de una religión, es algo que encuentras en ti y que nadie debe imponerte, por eso jamás te lo he impuesto, aunque en el fondo de mi ser, mantengo la esperanza de que un día hallarás el camino a Él.

—¿Por qué no sellas con tu candado tu amor con Raúl? Sería más romántico que sellar amor a ti misma, abuela —bromeé.

—Nuestro amor ya está sellado. No necesitamos un candado para algo que ya es eterno.

Me siento orgulloso de mis esfuerzos y de mis caídas, de mi constancia y de mi disciplina, y estoy seguro de que tarde o temprano voy a lograrlo, pero sobre todo..., he entendido que cada paso es un logro y que aun sin llegar a la meta, en cada intento me convierto en un ganador.

De: Mi
Para: Mi

DE: MÍ PARA: MÍ

Estoy aprendiendo a quererme en mis días malos. A estar orgulloso de mí, incluso cuando no obtengo el primer lugar y no me siento ganador. Cuando me veo en el espejo y estoy inconforme con lo que soy, o cuando me equivoco. Estoy aprendiendo a amarme en mis días de oscuridad, y a confiar en mí incluso cuando me siento perdido.

Estoy aprendiendo que, tener la posibilidad de hacerle daño al que te lastimó y preferir no hacerlo, es lo que diferencia a la gente buena de la mala. Por eso, suelto cualquier tipo de resentimiento. Quiero que a partir de ahora, todo tome su curso sin forzarlo, o vivir en el pasado. Ahora entiendo que la tormenta puede regresar y que eso está bien, porque de ella es que estoy obteniendo cada aprendizaje.

Ya no idealizo. Ya no me juzgo por haber fallado. Ya no soy injusto conmigo. Agradezco los cambios en mi vida. Agradezco cada amanecer. Agradezco estar vivo, pero sobre todo..., estoy agradecido por la nueva versión de mí que se tiene como prioridad y confía en sí mismo.

El mar y la arena

El mar me habla de la paciencia, me dice que somos ciclos que terminan y vuelven a empezar. Me cuenta que se enamoró de la arena, pero nunca pudo quedarse, siempre estaba en movimiento, se iba y volvía, hasta que la arena dejó de esperar. Ella pensó que era culpa del mar, que él jamás permanecía, que no le daba suficiente, y que necesitaba dejar de amarlo antes de que fuera tarde.

La arena quiso olvidar y se enamoró de las huellas, pensando que estas se quedarían para siempre, pero terminaron disolviéndose. La arena molesta pensó que el mar lo hacía a propósito, que borraba las huellas porque quería poseerla, que no quería soltarla, pero tampoco la supo amar.

La arena nunca entendió que el mar la quería, que apreciaba el momento de explotar en la orilla para acariciarla algunos instantes. Pero ella quería más. Nunca entendió que somos más de lo que parece. Que el mar y ella están unidos en las profundidades, que nunca se han separado. Que a veces lo que para ti es poco, es lo más grande que el otro te puede entregar. En ocasiones vivimos inconformes, queriendo más y más, sin analizar lo que hay detrás de lo que nos están dando.

La arena y el mar siempre se amaron, pero para uno de ellos no era suficiente el amor. Y el mar, un día, decidió que no seguiría esperando. Que no entregaría TODO a alguien que siempre le repetía que lo que daba no bastaba para poder estar. Él la querría para siempre, pero nunca más dejándose menospreciar.

Ese día el mar se aprendió a amar.

Nadie sabe cuántas veces dudé de mí.
Nadie sabe cuántas veces sonreí aun
cuando mi alma estaba sufriendo.

Nadie sabe cuántas noches golpeé
la almohada y grité de desesperación.
Y no es culpa de ellos, es mi culpa,
por llamar a cualquiera "amigo".

Porque cuando me vieron triste,
en vez de escucharme,
me dijeron que exageraba.

Olas

Supongo que cada día crecemos un poco más. Cada vez que una ola llega; te arrastra, te revuelve la vida y luego se va con la misma intensidad con la que llegó. Algunos se ahogan mientras otros se convierten en surfistas incesantes de la vida. Porque en cada ola aprendemos, muchas veces a los golpes, otras con suavidad, pero en cualquiera de los casos: aprendes.

Ya estoy cansado de nadar en contra de tu recuerdo. Hoy he decidido rendirme y dejar que mi cuerpo flote y se lo lleve la corriente que lo trasladará hasta la calma. Tu recuerdo siempre seguirá allí, sí, pero será un dolor que poco a poco se irá disipando a través del tiempo.

Y hoy, me encuentro en la orilla, viendo cómo te vas desapareciendo en el horizonte. Sí, te estoy escribiendo a ti. Pero ya es tiempo de que las botellas llenas de mis cartas comiencen a tener otro remitente, y desde ahora no serás tú. Juro no seguir ahogándome en la tristeza que conlleva tu ausencia. Juro no volver a mencionar tu nombre ni a recordarlo con amargura. Juro no volver a ti cuando el mundo se me caiga a pedazos.

Juro que no volveré a jurar por ti.

Has enfrentado tiempos difíciles.

Has superado cada obstáculo con valentía.

Ahora, lo que te espera será extraordinario.

Los malos días están llegando a su fin.

Confía en el viaje que tienes por delante.

Ten fe en lo que está por venir.

De: mí
Para: mí

Cuando amas a alguien
la mejor forma
de decirle adiós es
no guardarle rencor.

A VECES LAS COSAS
NO SE ROMPEN,
SOLO TOMAN
UNA NUEVA FORMA.

De mí, Para mí

ELIGE EL CAMINO QUE TE ACERQUE A TU FELICIDAD

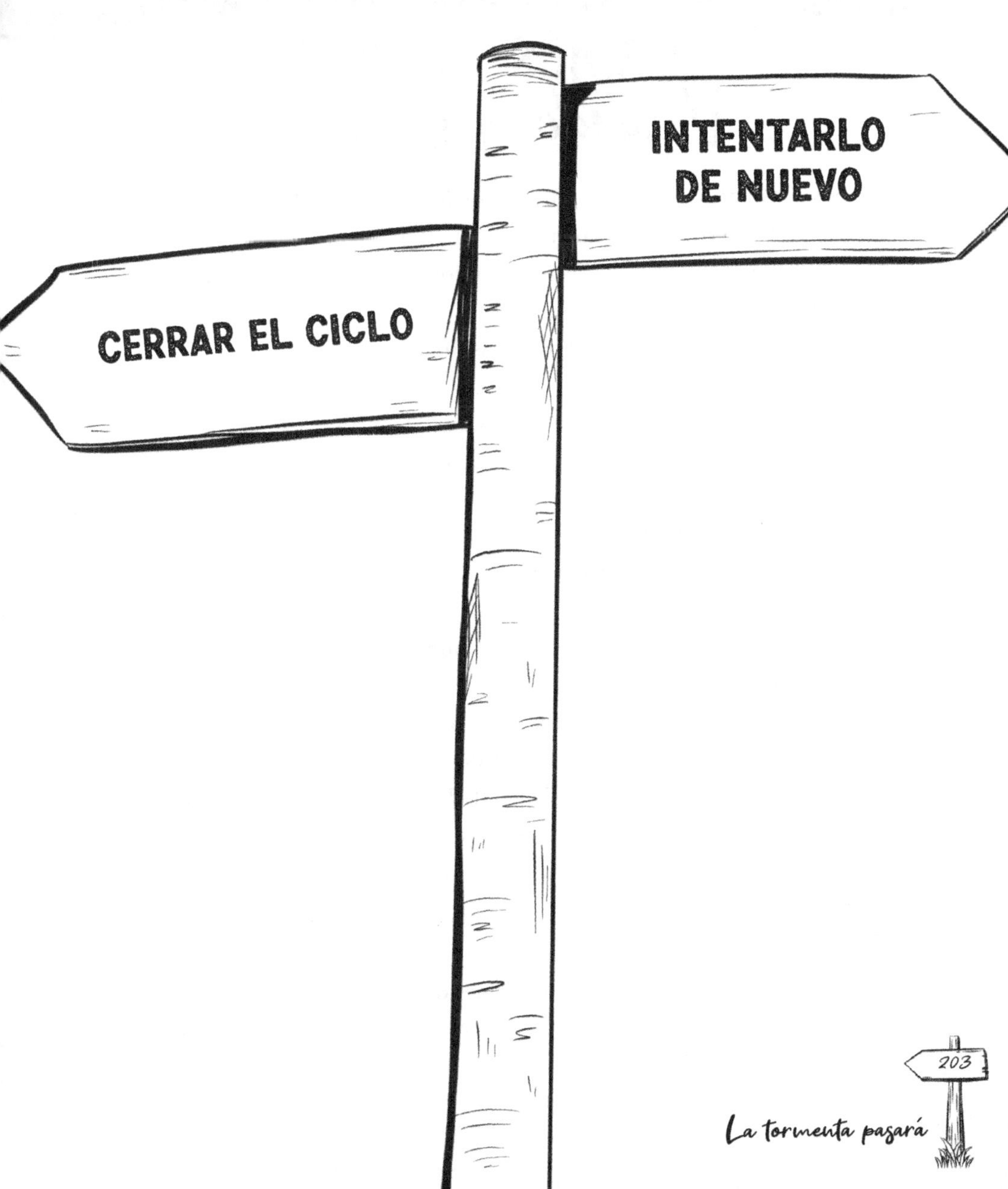

"EL ADIÓS" - NICK Z.
Viajando al pasado

Dos días antes de decidir irme de viaje, Danna estaba esperándome en la puerta de mi salón. Comenzó a llorar, me imploró que la escuchara, y todos a nuestro alrededor estaban viéndonos, así que terminé yéndome con ella para hablar en privado.

—Solo estuve con Iván para ver si así lograba olvidarte.

—Eso ya no importa.

—Tú me importas —volvió a decir y entramos a un salón vacío—: Yo no quería estar con él. Lo hice para ver si así luchabas por mí, porque jamás fui tu prioridad, Nick.

—No puedes decir eso cuando siempre estuve para ti.

—Tu prioridad era tu hermana.

—Estás hablando de una niña, Danna, y sí, en eso tienes razón.

—¿Lo ves? Puedes culparme, pero nunca tuviste tiempo para mí. Tiempo que Iván sí me dio.

—Entonces hiciste bien en acostarte con él, porque te aseguro que mi hermana jamás va a dejar de ser mi prioridad.

—Abre los ojos, Nick. Nadie de tu edad se encarga de una niña, esa es responsabilidad de tus padres, no es tu obligación.

—Lo que hago por mi hermana no es una obligación, y tengo los ojos bien abiertos, por eso veo que lo mejor que nos pasó fue terminar. Yo no soy lo que buscas y tú tampoco eres para mí.

—Fue Iván el que me buscó. Él me metió ideas en la cabeza, y durante estos días que nos has visto juntos, intenté olvidarte, pero no puedo. Te amo a ti, y estamos a tiempo de recuperar nuestra relación. —Comenzó

a llorar más fuerte, y gemía como si se estuviera ahogando—: No puedo vivir sin ti, Nick.

En ese instante dejó de importarme que se hubiese acostado con mi "amigo". Era la persona que amaba y estaba desvaneciéndose del dolor. No pude verla así. No me importó que yo también estuviera destrozado, y mi dolor pasó a un segundo plano mientras mi instinto de protección se adueñó de mí.

La abracé contra mi pecho y sentir su perfume, su tacto, a ella, me hizo recordar todo lo bonito que vivimos. Las tardes bajo la lluvia, o cuando me hacía masajes en las piernas después de un partido solo para que me sintiera menos cansado. Recordé esas ocasiones que cocinó para mí y para mi hermana, e incluso, cómo jugaba con ella. Danna no era mala. Ella estaba celosa, era como una niña que quería atención, pero jamás trató mal a mi hermanita. Tuvo momentos malos, sí, en algunas ocasiones no fue la mejor persona, pero todos nos equivocamos. Y teniéndola allí, abrazada, debo confesarlo: pensé en volver.

—Tu pecho es mi hogar, tú me calmas.

No respondí, pero muchas veces, ella también fue mi calma. El problema es que para que una relación funcione, ambos deben estar dispuestos a mejorar; y ella nunca lo estuvo.

—Bloqueé a Iván, le dije que estoy enamorada de ti y que siempre voy a estarlo. Por favor, vamos a luchar. ¡Te lo suplico!

Danna se arrodilló, y no tuve corazón para verla así. Intenté alzarla, pero terminé arrodillándome con ella, con mi frente sobre la suya, tratando de consolarla.

—Te disculpo solo si tú me disculpas a mí por no ser el hombre que esperabas, yo también tengo la culpa. No solo tú.

—¿Eso significa que vamos a volver a intentarlo? —Malinterpretó mis palabras, y una parte de mí quiso decir que sí, pero necesitábamos separarnos porque, si seguíamos juntos, íbamos a hacernos más daño.

En mi soledad tenía mucho por reprocharle, quería decirle que la odiaba y muchas cosas distintas a las que sentí teniéndola en frente. Quería reclamarle por burlarse de mí. O por decir delante de todos que era un *friki,* pero entendí que era una parte de ella. Todos tenemos luz y oscuridad, pero no todos sabemos trabajarlo. Ella no lo sabía, y aun así, yo amaba su luz, pero también amé su oscuridad.

—¿Vamos a volver o quieres humillarme más? —preguntó y sus ojos tristes se volvieron fuego. En ese instante supe que no debía regresar. Puedes amar la oscuridad de alguien mientras no te consuma.

—Ya no quiero seguir contigo —fui sincero.

—¿Tu ego es tan grande como para perderme por un error?

—Todo tiene un ciclo, y el nuestro se cerró hace mucho, pero nos negamos a aceptarlo. No te odio, jamás podría. Me duele tomar esta decisión, pero es lo correcto para los dos. No es por tus errores, es porque a veces es necesario irse a tiempo.

—Déjame recordarte que nuestro tiempo juntos no ha terminado, Nick. —Me besó, y aunque quise apartarla, no lo hice. Sentí ese beso cargado de recuerdos y del dolor de saber que sería el último. Todavía la quería, pero a pesar de eso, era nuestro fin.

Después de besarnos, nos levantamos del piso, ese donde nos arrodillamos en medio de una despedida.

—Espero que seas feliz —le dije con honestidad, pero a cambio recibí una bofetada.

Sentí el ardor en mi mejilla y respiré profundo, deseando que un día pudiese mejorar su actitud, pero Farid Dieck decía: ***«No se puede cambiar la conducta de quien no ve un problema en ella».***

—¿Quién carajos te crees? ¡Pedazo de imbécil! Yo no soy la que pierdo. Cometí un error, pero tú cometiste miles. ¡No te sientas especial! ¡Solo eres un bastardo que sabe pegarle a un balón, pero sin el fútbol no serías nadie! —me gritó y recordé las peleas en las que terminaba agradeciendo porque alguien como ella quisiera a un idiota como yo.

Siempre tuve miedo de que me abandonara, pero mientras me insultaba, quise volver a abrazarla porque sabía que, en el fondo, no era una mala persona, solo lastimaba a otros para protegerse a sí misma.

Ese día logré irme de lo tóxico, aunque una parte de mí todavía la amara. Porque el amor no se acaba de la noche a la mañana, y menos cuando sientes apego. Lo más loco, es que horas después, subió una foto a su Instagram besando a Iván con el *copy*: *Mi mejor elección eres tú*. Quise que no me doliera, pero todo era muy reciente.

Hice este viaje para superar muchas heridas, y ahora que veo hacia atrás, agradezco no haber recaído con ella.

Carta a mi ex

Quiero que sepas que te perdono por cualquier dolor o conflicto que haya surgido entre nosotros, y te pido perdón por las veces en las que fallé. Reconozco que ambos cometimos errores, porque después de todo, somos humanos. Es hora de soltar cualquier carga emocional negativa que haya persistido desde nuestra separación.

Éramos muy jóvenes, pero crecimos en este viaje de equivocaciones, de subidas, bajadas y de tropiezos, hasta llegar a este punto en donde podemos mirar atrás para entender que fuimos una lección que nos ayudará en las relaciones del futuro.

Hoy te digo adiós, pero no como esos que después de quererse se odian. No como esos que recuerdan lo malo y viven del resentimiento, sino desde el perdón.

Te perdono y me perdono, y nos perdono a ambos por haber fallado. Hicimos lo mejor que pudimos con la escasa experiencia que teníamos. Por eso, prefiero enfocarme en las lecciones que hemos aprendido, en el crecimiento y en los momentos felices, esos que llevaré conmigo siempre.

ANTES DE QUE
TE CORTEN LAS ALAS
VUELA DE ALLÍ.

De mí, Para mí

PARA: MI YO DEL FUTURO

Por favor, la próxima vez
escucha a tu voz interior
cuando te dice: "allí no es".
Así nos evitaremos
malas experiencias.

Atento a las señales,
la intuición
no se equivoca,
es tu alma
avisándote.

Rompiendo las cadenas

Hoy rompo las cadenas, las que por tanto tiempo me hicieron sentir reemplazable. Las mismas que me ataron a personas que no me hacían bien. Esas que me mantenían anclado a malos pensamientos, como por ejemplo: pensar en lo poco que había logrado a mi edad. Hoy rompo las cadenas del tiempo, porque he entendido que nada tiene un momento específico, y todavía estoy vivo. Mientras respire, puedo conseguir lo que desee, aunque me tarde, y aunque me cueste, ahora sé que ni el cielo es el límite.

De: mí
Para: mí

Léeme cuando estés frustrado:

No todas las épocas serán iguales. Tendrás momentos en donde no saldrán bien tus planes, donde apostarás por un proyecto y creerás que es lo mejor que estás haciendo, pero de pronto, descubrirás que te equivocaste. Vas a volver a entrar en la tormenta, desanimado, exhausto, sintiendo que no vas a poder, o sin ganas de intentarlo por haber fallado. Quiero que sepas que es inevitable, no todos los planes se dan, pero es necesario volver a intentarlo despúes de fallar, porque si te quedas inmóvil, si el miedo te paraliza, no vas a llegar a tu meta.

No dejes que los inconvenientes te derrumben. No esperes que otros te tiendan la mano, tú puedes levantarte. Puedes seguir. Puedes conseguirte si te pierdes, pero nadie tendrá la facultad de hacerte pedazos. Nadie te romperá de nuevo, porque no les darás ese poder. La seguridad te hace moverte desde la confianza y no desde el miedo, y allí todo empieza a fluir.

POSDATA: Si sientes que tus piernas no dan más, siéntate a ver las estrellas,, o el atardecer, y abrázate fuerte. Te aseguro que poco a poco conseguirás en ti la fuerza necesaria para reiniciarte y continuar. No vuelvas a dudar de ti. Es normal estar cansado, pero no es igual que estar derrotado, y tú no lo estás.

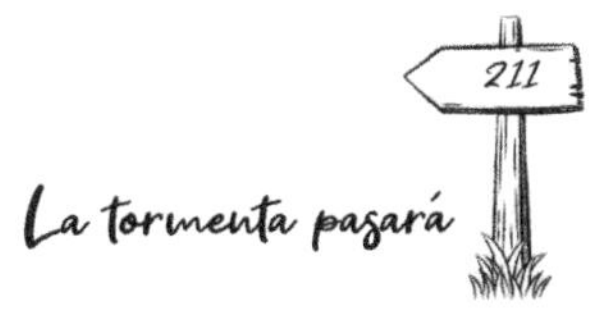

PARA TI QUE SUFRES, PERO QUE SIGUES INTENTÁNDOLO

PARA TI QUE HAS SIDO FUERTE.
PARA TI QUE TE ATREVISTE A VIAJAR
HACIA EL INTERIOR DE TU ALMA.
PARA TI QUE DUDAS:

VAS A TRIUNFAR

TUS CAMINOS SE ESTÁN ILUMINANDO,
PORQUE TÚ ERES LUZ,
ASÍ QUE NO DEJES
QUE UNA NOCHE OSCURA
TE APAGUE.

De mí, Para mí

Ojalá dejes de estar tan triste por lo que has perdido,
y en medio del camino, de búsquedas y extravíos,
descubras que te tienes a ti, y que por más perdido
que te encuentres, si usas la brújula de tu corazón,
podrás conseguir el camino de vuelta a ti.

OJALÁ NO ESPERES A MAÑANA.
OJALÁ EMPIECES A HACERLO HOY.

QUERIDO VIAJERO:

QUIZÁ ERES COMO UNA ESTRELLA,
UN RADIANTE ABISMO QUE REGALA SU LUZ
A TODOS, AUNQUE EN OCASIONES
SE ESTÉ MURIENDO POR DENTRO.

QUIZÁ ERES COMO UNA ESTRELLA FUGAZ
QUE SE ESTÁ NEGANDO A APAGARSE, Y OFRECE
SU BRILLO HASTA EL ÚLTIMO ALIENTO
SOLO PARA QUE OTROS PIDAN SU DESEO.

PERO ESTA NOCHE, AUNQUE NO ME CONOCES,
SOY YO QUIEN DESEA QUE TÚ QUE ME LEES

SEAS FELIZ.

EL FUEGO EN TU INTERIOR:

La caída es inevitable, pero cuando suceda, cuando abunde la oscuridad y no sepas cómo seguir adelante, cuando te sientas aturdido y sin ánimo, recuerda que en el fondo de ti arde una chispa inextinguible. Un fuego que se niega a apagarse.

Es esa chispa la que va a impulsarte cuando creas que no puedes más. Cuando sientas que has tocado fondo, consigue esa energía poderosa que vive en ti. Esa que te permitirá ver otra oportunidad donde veías puertas cerradas. La que hará que transformes cada mal momento en escalones hacia el camino del éxito.

Las malas épocas existen, y es normal sentirse desanimado en momentos difíciles, pero tienes la fuerza para continuar. Alimenta esa chispa con esperanza y deja que te guíe, que se convierta en tu brújula y que te ilumine el camino hacia una versión más fuerte de ti.

POSDATA: *Cada vez que te levantas de nuevo, la luz interna aumenta de intesidad para recordarte que no estás solo en esta travesía, que ella está allí para ahuyentar las sombras que intenten atacarte.*

ÚLTIMO DESTINO

RUMBO A LA MEJOR DE MIS VERSIONES

NO TENGAS MIEDO DE CAMBIAR.
TU NUEVA VERSIÓN
PUEDE GUSTARTE AÚN MÁS
QUE LA ANTERIOR.

De mí, Para mí

CONEXIONES MÁGICAS - NICK ZETA.

Día 36 de viaje

Son las once de la mañana, y después de dos días ha dejado de llover. Según los pronósticos, el tiempo se pondrá peor, pero justo ahora, el sol está saliendo con intensidad y las montañas se ven resplandecientes cubiertas por sus rayos. Respiro profundo como cada mañana llenándome de la satisfacción de estar acompañado por la naturaleza, pero el hambre me recuerda que no tengo comida. Necesito ponerme en marcha hacia el pueblo a buscar provisiones.

Después de vestirme, me monto en la furgoneta y conduzco atravesando el camino repleto de pinos que me ha acompañado los últimos días. Es un pueblo de escasos habitantes, en su mayoría ancianos, que deciden pasar el resto de su vida despertando con el canto de los pájaros en cada amanecer.

Es un buen lugar para encontrar paz, pero me queda solo esta noche. Mañana saldré rumbo al último destino: el bosque donde conoceré al maestro que tiene el secreto de la página de la sabiduría.

Me detengo a cargar gasolina y entro a la tienda a buscar lo necesario para mis últimos días de viaje.

—¿Eres el campista? Todos hablan de ti en el pueblo —dice la anciana detrás de la máquina registradora.

—¿De mí? —le pregunto, pasándole los demás productos.

—¿Eres tú quien ha pasado días bajo la lluvia negándote a recibir refugio, solo con tu furgoneta? Todos hablan de un jovencito, y no hay muchos en este pueblo.

—Sí. La verdad no pensé que fuera a llover tanto, pero así es mi suerte.

—Tesoro, a ti te sobra la suerte. Te acompaña a donde vas.

—Creo que tenemos conceptos distintos de *suerte.*

—¿Me dejas invitarte un café para explicarte mi concepto? —me pregunta la mujer con amabilidad y busco en mi mente razones para negarme sin parecer grosero.

—Todavía tengo que pagar mis compras —le digo, al tiempo que ella me entrega todo ya empaquetado.

—No tienes que pagar nada. Soy la dueña y es tu día de suerte —responde y me señala la cafetería que está al cruzar.

Insisto un par de veces en pagarle, pero no me deja. Alega que soy el invitado de todos los abuelos del pueblo y que es un regalo que quieren hacerme. No entiendo sus razones, pero acepto tomarme un café con ella para buscar el momento adecuado de dejar el dinero en su cartera sin que lo note.

Cruzamos la calle hasta la cafetería, y en cuestión de un par de minutos me encuentro en una situación particular. Estoy sentado con la anciana esperando mi café y todos los que atienden me dan la bienvenida. Es un pueblo extremadamente amable y aunque estoy lejos de mi hogar, por un segundo me siento como en casa.

—Cuando te he dicho que tienes suerte, lo he dicho en serio. Teníamos mucho tiempo en sequía. Nuestras cosechas estaban sufriendo las consecuencias, y anhelábamos que Dios nos enviara un día de lluvia. Desde que llegaste al pueblo no ha dejado de llover. Eres nuestro amuleto y estamos agradecidos.

No sé qué decir, pero le sonrío con amabilidad. Fueron días difíciles, donde se me mojó la ropa y el viento voló la carpa con mis pertenencias y comida. No acepté la ayuda del refugio porque quería pasar por eso. La naturaleza es como la vida, no siempre trae cosas positivas, pero hay que valorarla en cada fase.

—Gracias por decírmelo, me alegra mucho haberles traído suerte, al menos a ustedes. Aunque creo que es pura coincidencia.

—Nada es coincidencia —responde—: Parece que la lluvia arraza con todo, muchacho, pero también limpia por dentro, se lleva consigo aquello que nos pesa y nos va purificando. Reconocerás tu suerte cuando empieces a creer en ti y en lo que te rodea. Dios está en todos lados, y muchas veces nos usa como instrumento, pero todo empieza con tu fe.

—Habla como mi abuela —digo sin pensar, porque ella era la única que desde niño me hablaba de Dios y de la fe.

—Imagino que ya quieres volver a casa para abrazarla.

—Todavía no sé cómo dar abrazos que traspasen el cielo.

—Los abrazos que se dan con el alma son capaces de traspasar la muerte. Esos abrazos llegan al cielo y acarician los corazones divididos momentáneamente. Solo debes olvidarte del cuerpo y atesorar los momentos que vivieron. Pero ya que estás aquí, puedes darle un abrazo a esta anciana que te acompaña.

Muevo la silla de madera para acercarme a ella. Me guío por mi impulso para darle un abrazo y una sensación de calma y de paz va llenándome. El abrazo se prolonga y cuando nos separamos, observo su rostro llenándose de lágrimas.

—¿Por qué llora?

—De felicidad.

—¿Y qué le hace feliz?

—Entender que Dios nos manda mensajes con las personas.

—No lo entiendo.

—Perdí a mi nieto hace dos meses, tenía veinte años y le gustaba acampar en la lluvia, era amable y educado, así como tú. Decían que le traía la magia al pueblo, y desde que se fue, la naturaleza entró en luto. La magia se fue con mi nieto y también la lluvia.

—Como usted dijo, todo empieza con la fe. Si creen algo negativo, le otorgan fuerza a ese sentimiento. Su nieto dejó un legado de magia que perdura más allá de sí mismo. Todo empieza creyéndolo —las palabras nacieron de mí y ni siquiera tuve que pensarlas, como si estuviese destinado a darle ese mensaje, precisamente yo, que antes del viaje ni siquiera creía en la magia.

—Justo teniéndote cerca empiezo a creerlo. ¿Qué probabilidad hay de que dos meses después llegue un chico tan parecido a mi nieto y que con su presencia regrese la lluvia? Mi nieto Mark se iba al mismo sitio donde acampaste para estar solo. Me dijeron que eres fotógrafo, y mi nieto también lo era. No son la misma persona, pero Dios nos envía señales para acariciarnos el corazón, para hacernos saber que la magia existe y que quien se fue solo está de vacaciones, pero que las almas predestinadas vuelven a encontrarse. Nuestros pensamientos son la base de todo. Estuve tan perdida en mi propia oscuridad y desde que llegaste he vuelto a trabajar en la tienda. Tú me devolviste la fe, y ni siquiera conozco tu nombre.

—Me llamo Nickelback Zeta, pero me dicen Nick.

—Eres muy especial, Nicki. Veo la luz que habita en tu mirada.

Me sorprende escucharla llamarme *Nicki*, igual que lo hacía mi abuela. Me quedo callado observando sus ojos igual de azules y profundos que los de ella. Las arrugas cubriéndole la cara y esa sonrisa amable tan parecida a la de la mujer que me salvó la vida convirtiéndose en mi madre. Quisiera decirle muchas cosas, como que me pasa lo mismo, que es similar a la persona que amo y ahora vive en el cielo, o que lo que más me sorprende es su sabiduría y la forma en la que sus palabras se cuelan muy dentro de mí.

—Usted también me ha dado esperanza —me limito a decir y le aprieto la mano llena de arrugas—. Hice este viaje porque perdí el rumbo desde que ella partió.

—Y llegaste a un pueblo para tomar un café con una abuela que también se ha sentido perdida por la muerte de su nieto. Son historias diferentes que se unen entre sí porque todo está conectado. Los hilos se han ido tejiendo por Dios, quien diseña cada encuentro para nuestro aprendizaje.

—¿Por qué Dios se lleva a quienes amamos?

—Enojarse con Dios es más fácil que entenderlo, pero si Él te lo dio todo, no tiene la necesidad de quitártelo. La vida de otra persona nunca será tuya. La esencia de la vida es desprendernos de la idea de inmortalidad física y entender que nuestra alma es la única que es eterna —escucharla hablar es como oír a mi abuela—: Ahora, Nicki, quiero invitarte a quedarte en mi casa. La tormenta que se avecina es muy fuerte. Es tiempo de que aceptes la ayuda.

—El filósofo Nietzsche dijo: «L*o que no me destruye, me fortalece*», y es lo que necesito. Quiero superar la tormenta de mi interior.

—Entiendo —responde la anciana—. Al menos déjame prestarte la carpa y el equipamiento de Mark para estas situaciones, así estarás preparado. Será de gran ayuda para ti.

Acepto su ofrecimiento y nos dirigimos hacia su casa donde su esposo, otro anciano igual de amable y alegre, me da un recorrido por su finca impregnada de calor de hogar y de tranquilidad.

—Ayer rescatamos a estos cachorros —me comenta el anciano mostrándome una cesta con dos perritos. Están tomando la siesta, pero uno de ellos se despierta y corre a mí con sus patitas diminutas.

Está cojeando.

—No conseguimos a su madre y los trajimos a casa.

Me dejo llevar por los juegos del cachorro, lo cargo y él me lame toda la cara. Es precioso.

—Desde que llegó ha estado escondiéndose, no nos ha permitido cargarlo sin llorar, es la primera vez que lo veo mover la cola. Creemos que alguien lo ha lastimado, y por eso es así de nervioso.

—Pero yo lo veo bastante animado.

—Ya te lo dije, muchacho, tienes suerte —interviene la anciana. Su nombre es Graciela, y su esposo se llama Jaime.

El cachorro de color marrón con blanco sigue lamiéndome, tiene los ojos claros y parece un mestizo de lobo. Nunca había sentido una conexión así con un animal. Es un amor diferente y me gusta lo que siento. Me siento amado.

—¿Puedo quedármelo? —suelto con impulsividad.

—¿Viviendo bajo la tormenta? Un perro es una responsabilidad, es una vida. Primero debes ser capaz de cuidar de ti mismo, para luego pensar en cuidar a alguien más —responde Graciela y la decepción se nota en mi rostro.

—De verdad lo quiero.

—No lo dudo, pero la cuestión no es esa, Nicki. ¿Te sientes capaz de otorgarle una vida feliz con lo que eso conlleva?

Pienso en convencerla, pero entiendo que ellos en ningún momento están negándose. Al contrario. Buscan que sea yo quien lo decida, que de verdad esté seguro y no sea solo un capricho.

—Culmina tu viaje y cuando vayas a retornar a casa, si todavía lo quieres, ven a buscarlo. Recuerda que las decisiones más importantes de la vida no deben ser apresuradas.

—Prometo que volveré por ti y te llevaré a tu nuevo hogar —me despido de él frotándole la cabeza y lo escucho ladrar por primera vez. Él también parece estar despidiéndose.

Le digo adiós a la familia que acaba de darme el equipamiento completo para la tormenta que se avecina, y prometo volver. El ruido de los truenos me hace darme prisa. La anciana me entrega un termo con café y un envase con galletas.

—Déjeme pagarle —insisto refiriéndome a las compras.

—Le devolviste el calor a un corazón que estaba muriendo de frío. Soy yo la que te debe a ti.

Me da un último abrazo y me dejo llevar por su calidez, al tiempo que mis recuerdos me llevan a ella: a mi ángel.

—Ser diferente es lo que te hace especial —me dice, recordándome a las palabras que solía repetirme mi abuela.

¿Es casualidad o es ella buscando la forma de decirme que sigue presente? Comienzo a creer que está conmigo de una forma especial, y siento que mi corazón, igual que el de la anciana, después de tantos días de hielo, también empezó a entrar en calor.

Una vez que regreso al campamento, decido abrir uno de los sobres escritos por mi abuela:

Dios abre caminos donde parecía imposible, y cierra caminos que se veían hermosos, pero que iban a destruirte. Dios te otorga fortaleza para soportar el dolor más profundo, y abraza tus pedazos rotos y tus equivocaciones. Dios siempre ha estado a tu lado, paciente, esperando el momento en el que lo quieras recibir.

Un hilo invisible nos mantiene unidos

Poco a poco empiezo a aceptar que no volverás, y sigue doliéndome, pero estoy aprendiendo a vivir con eso. Es que siento que aunque hayas muerto, te quedaste conmigo para siempre. Me dolía la distancia, o que fuera la despedida definitiva, y ya sé que no. El lazo de nuestras almas es irrompible. Tú y yo volveremos a encontrarnos porque nuestra conexión sigue viva. Sé que cuando me toque partir voy a encontrarte. Sé que nuestras almas vivirán otras vidas, y podremos hacer todo lo que nos faltó hacer en esta. Aunque continúe con mi vida, te aseguro que tú vives conmigo. Te tengo tatuada en mi alma y seguiré cada enseñanza que me dejaste. Aunque nuestros cuerpos no se vean, hay un hilo invisible que une nuestras almas y nos mantiene unidos.

Y SI NO PUEDO,
VUELVO A INTENTARLO
HASTA PODER.

De: Mí
Para: Mí

NO SIEMPRE ES EL SOL BRILLANTE
EL QUE NOS HACE FLORECER,
MUCHAS VECES ES LA LLUVIA.

De: Mí
Para: Mí
La tormenta pasará

«Y una vez que la tormenta termine, no recordarás cómo lo lograste, cómo sobreviviste. Ni siquiera estarás seguro de si la tormenta ha terminado realmente. Pero una cosa sí es segura. Cuando salgas de esa tormenta, no serás la misma persona que entró en ella. De eso se trata esta tormenta».
HARUKI MURAKAMI

DE: MÍ
PARA: MÍ

La tormenta interior me empuja a salir lejos de mi lugar seguro. Con cada trueno recuerdo los momentos en los que dudé, en los que el mundo se me vino abajo y quise rendirme, pero conseguí seguir adelante. Cada ráfaga se lleva lejos la voz que me repite que no me merezco el éxito, que no soy capaz, que no soy lo suficientemente bueno. Tuve que llegar al centro de la tormenta para darme cuenta de que me subestimé durante mucho tiempo. Pensé que no era capaz y lo soy. Siempre lo he sido.

Ahora mismo estoy atravesando un proceso, estoy reconociendo que no soy perfecto, que también me equivoco, y que es tiempo de perdonar a aquellos que me fallaron. Es la misma tormenta la que se lleva lejos el odio hacia los que me hirieron, explicándome que soy más que el rencor. Soy más que la herida. No soy la venganza, ni la ira, nunca lo he sido. Hoy doy un paso hacia el perdón y dejo atrás el peso de la rabia.

No importa cuántas dificultades me encuentre en el camino. En este viaje he entendido que son ellas las que me llevan a descubrir de lo que soy capaz. No importa qué tan difícil sea el futuro, nunca más estaré solo. Tengo lo más importante para enfrentar cualquier problema:

EL AMOR PROPIO.

Hoy te agradezco por no rendirte cuando todo se vino abajo. Te agradezco por no dejar nuestras metas cuando se puso difícil. Por buscar soluciones y seguir creyendo en nosotros cuando nos cerraron las puertas en la cara. Te agradezco por aceptarnos con nuestros defectos, por perdonarnos y seguir adelante haciéndolo lo mejor que podíamos. Te agradezco por no tumbarte en la negatividad y seguir insistiendo. Por dejar atrás a aquellos que no nos valoraron, por curar nuestra alma y no repetir los errores llamándolos "amor". Te agradezco por cuidarme, por abrazarme cuando he tenido miedo y por repetirme que podíamos hacerlo juntos. Gracias por no dejar que me derrumbara.

Atentamente: tu yo interior.

Y UN DÍA ME DI CUENTA DE QUE LA LECCIÓN NO ERA TAN DIFÍCIL, AL CONTRARIO, ERA SENCILLA:

NO NECESITES A PERSONAS QUE NO TE NECESITAN.

NOCHE DE VINOS - NICK Z.
Viajando al pasado

El día del cumpleaños de la hermanita de Sara, tenía muchas expectativas, pero fue todo lo contrario a lo que imaginé. Ella, durante todo el cumpleaños estuvo con su novio. Él no paraba de abrazarla y lo entendía, pero lo que me parecía incomprendible es que la situación me incomodara. Nunca había experimentado celos, pero le pregunté más de cinco veces a mi pobre hermana que si quería irse a casa, que ya era suficiente. «¡Ya va a llegar el mago, todavía no!», respondió Emma, que literal fue la última en irse y casi obligada por mí. Salimos rápido y ni siquiera pude despedirme de Sara. Su novio no le permitió mantener una conversación de más de cinco segundos conmigo. La tenía acaparada y cuando por fin estábamos juntos, se la llevaba lejos con cualquier excusa, mirándome de arriba a abajo, y hasta reclamándole. Pensé que eran ideas mías, pero varias veces lo vi discutiendo con ella y preferí alejarme.

Tengo una botella de vino... ¿la abrimos?

Su mensaje llegó cuando yo ya estaba a punto de dormirme. Pensé en negarme, pero me iba de viaje al día siguiente y quería poder despedirme de ella. Cinco minutos después ya estábamos en el techo de su casa, con una botella de vino y dos copas. Se podría decir que corrí a su encuentro.

—Lamento lo de hoy. Jackson fue borde contigo y se comportó como un niño inmaduro —soltó Sara, sin poder mantenerme la mirada.

—¿Por qué se puso así?

—Imagina que cuando por fin estás con la persona que quieres, la razón por la que fuiste rechazado antes, está en el mismo espacio que tú. Cualquiera en su sano juicio se sentiría amenazado. ¿O tú no? —preguntó, tomándose el vino de golpe. Bajó la mirada por un instante, y sus dedos juguetearon con el borde de la copa.

—A veces estamos tan ocupados buscando algo más, que no vemos lo que tenemos, y es lo que me pasó, Sara.

—Supongo que el amor suele llegar tarde, como un invitado que se demora en la puerta, y cuando por fin entra, ya no lo están esperando.

—Difiero contigo. Creo que el amor puede llegar en cualquier momento. No puedes apresurarlo. Quizá lo que para ti es un invitado que demoró en la puerta, en realidad es un invitado que llegó justo cuando debía llegar —aseguré extendiendo la mano hasta tocar suavemente su muñeca izquierda. Por primera vez me mantuvo la mirada y no la solté. Con lentitud, le quité el reloj y lo guardé en el bosillo de mi *sweater*—: Para ti he llegado tarde, Sara, pero... ¿y si por hoy nos olvidamos del tiempo y disfrutamos de este momento?

Con una mirada logró revelarme que también lo quería. Estábamos a centímetros. Tanto, que podía percibir su respiración entrecortada.

—¿No te parece que las estrellas son como testigos mudos de nuestras vidas, como confidentes eternos en una noche sin fin? Conocen todo de nosotros, pero no nos juzgan —respondió ella, separándose de mí.

—¿Por qué cambias el tema?

—Porque los caprichos son como cometas fugaces, Nick. Se cruzan en nuestro cielo, pero de forma efímera, y aunque deseemos retenerlos con todas nuestras fuerzas, la gravedad del destino tiene sus propias maneras de decirte que algo no es para ti.

—Y si no soy para ti, ¿por qué tu mirada dice lo contrario?

—Porque por mucho tiempo me gustaste. Te observaba de lejos siendo el mejor hermano, tomando fotos de los atardeceres, y cuidando a los animales. Mientras todas te deseaban, tú pasabas tiempo con tu abuela bailando tango en el balcón, o cantando en un coche. Te vi por casualidad, y me gustó lo que encontré. Odiaba este pueblo. Acababa de mudarme y me parecías lo único interesante, pero yo para ti nunca existí, y no es un reclamo, Nick. Es una confesión. Fuiste una ilusión que le daba un toque mágico a mi vida, pero ahora estoy con alguien.

—Alguien que no te hace feliz.

—Eso no lo sabes.

—¿Entonces por qué parece que hubieses llorado hoy?

—Las parejas discuten —respondió y me arrepentí de tocar ese tema cuando las lágrimas se deslizaron por sus mejillas.

No pude evitarlo. No quise. Con delicadeza me acerqué a ella. Mis labios rozaron la suavidad de su piel, y dejé besos suaves en el rastro húmedo que las lágrimas habían trazado en su rostro. Aunque no sabía qué había pasado, o por qué estaba así, mis besos siguieron su curso en la fragilidad de su piel. Ella cerró los ojos ante el contacto y quise hacerlo. Quería que el camino de mis labios llegara a los suyos, pero no lo hice. Porque aunque lo deseaba, presenciando el dolor que nublaba su esencia, mi mayor deseo era que estuviera bien. Quería no solo ser capaz de secar las lágrimas externas, sino poder ser calma en su interior.

—Nadie merece tus lágrimas.

—Supongo que todos, en algún momento, hemos hecho llorar a otro —fue la respuesta de Sara antes de tomarse todo el interior de su copa.

—¿Puedo golpearlo por cada lágrima? —bromeé—. Porque es lo que más quiero ahora mismo.

—¿Por qué, Nick? ¿Tú nunca me hubieses hecho llorar?

—No —aseveré—: Te hubiese hecho muchas cosas, Sara, pero eso no.

—Te noto muy seguro —contestó, sirviéndose más vino.

—¿Y sabes de qué también estoy muy seguro? —Tomé lo que quedaba en mi copa de vino, mientras ella me retaba con la mirada.

—¿De qué? Sorpréndeme. —Sus labios se curvaron en una sonrisa.

—De que nosotros no somos pasado. No somos el "hubiese sido". ¿Y sabes por qué? —Sara se concentró en beber vino y yo corté la distancia entre nosotros—: Míranos, estamos solo tú y yo. No hay nadie más.

—¿Y qué sucede con eso? Somos amigos, Nick.

—Si justo ahora pudieses cambiarme por tu novio, ¿lo harías? Si mágicamente su discusión pudiese desaparecer, ¿quisieras que fuera él quien te acompañara esta noche y no yo? Solo respóndeme eso.

Ella desvió su mirada de la mía, mientras la brisa nocturna jugueteaba con su cabello. Sus ojos brillaban y hubiese pagado lo que fuera por esa respuesta, pero no llegó.

—No voy a meterme en tu relación. No voy a hacerle a otro lo que me hicieron a mí. Yo todavía tengo muchas cosas que ordenar en mi interior, y es algo que debo hacer solo para que sea real. Intentar estar con alguien sería como ponerle una curita a la herida cuando aún está sangrando. Y no te miento, he conectado contigo y sé que en algún punto seremos más que amigos, Sara.

—El amor es más profundo en la comprensión que en la posesión, Nick —contestó y ambos nos recostamos a observar las estrellas.

—El amor en general es como un poema, los mejores fluyen solos, sin necesidad de forzar los versos. Ahora, solo disfrutemos —terminé el tema. En el fondo me sentía avergonzado de haberle hecho esa pregunta, tan seguro de que me escogería a mí, cuando tiene novio y ni me conoce.

Nos quedamos en silencio durante un rato. Cada estrella parecía brillar con más intensidad y estuvimos así perdidos en el unvierso, hasta que ni siquiera sé cómo, pero terminamos acostados de lado, mirándonos.

—El silencio también es una respuesta, Nick —susurró y con delicadeza extendió sus dedos y rozó fugazmente los míos, antes de levantarse y bajar de la azotea, dejándome solo.

Ojalá seas tú

No sé si el destino nos quiera juntos. Quizá llegamos pronto, o tal vez muy tarde. Sé que llegaste cuando no buscaba nada. Llegaste después de que juré que no volvería a querer, y no puedo descifrar el futuro, pero llegaste a desordenar mi existencia, a eliminar mis barreras, a enseñarme que no es el tiempo, sino la persona. Que no es la cantidad de momentos compartidos, sino la calidad de recuerdos que creaste en ellos.

Tú y yo encajamos sin forzarnos. Sin convertirnos en algo que no somos para calzar en la vida del otro. Y sé que soy un desastre. Que he pasado por mucho. Que a veces me alejo y necesito estar solo. Pero tú, llegaste a admirar mis hojas marchitas, a arreglarlo todo con tu sonrisa perfecta. A hacerme saber que puedo volver a florecer despúes del más largo otoño. Llegaste cuando no buscaba nada y te convertiste en todo lo que quiero.

Ojalá seas tú.
Ojalá el futuro nos quiera juntos.

Me detuve a observar las estrellas

Estoy solo, pero no se siente así.
Muchas veces estuve en compañía,
y me sentí más solo que ahora.

Estoy entendiendo que todo pasa,
y que las personas que se fueron
tenían que irse porque nada en
esta vida nos pertenece,
excepto nosotros mismos.

HOY ME SIENTO EN CALMA.
COMO SI UNA PARTE DE MÍ SUPIERA
QUE NADA VOLVERÁ A SER COMO ANTES,
PORQUE DESDE AHORA...
¡SERÁ MEJOR!

un día me alejé
de las cosas
que no me hacían bien,
y aunque fue doloroso,
durante el proceso
recuperé mi paz.

DE: MÍ
PARA: MÍ

Cuando te sientas perdido, recuerda que tienes las herramientas para volver a empezar. No te frustres.

No dudes de ti. Cada esfuerzo tendrá su recompensa. Todo por lo que has trabajado se hará realidad. Ten calma cuando todo colapse, que poco a poco, la tormenta pasará.

Estás transformándote y no es fácil, pero ya has descubierto que hasta los peores momentos tienen un propósito.

POSDATA: Tienes todo a tu favor si crees en ti mismo. No te apagues. Cada vez estás más cerca. Cada paso te acerca a ti mismo, y ese siempre será el mejor de los destinos.

Querido viajero:

La siguiente parada te llevará a una aldea dentro de un bosque, habitada por aproximadamente ciento cincuenta personas. Cada uno de ellos vive sin electricidad, sin tecnología, distantes del mundo exterior, pero cercanos al mundo interno. Todos ellos comparten un amor sincero y una profunda admiración por su maestro de viaje y su gran líder: el monje de Lira. El siguiente destino te acercará al lugar donde vive el único ser humano vivo que conoce el secreto de la *página perdida*. Él será capaz de compartirlo contigo si halla que tu corazón está preparado y tienes los valores requeridos para dicha información. Éxito en tu travesía. No te sientas mal si llegado a su encuentro no quiere recibirte. El maestro es un monje reconocido por ser de los mejores alquimistas espirituales que ha existido en el planeta. Sin embargo, a sus 89 años, se reconoce por hablar solo una vez cada 365 días, y exclusivamente para darle los conocimientos a sus fieles y leales seguidores. Ellos afirman que a pesar de tener solo una lección anual, esta vale como cientos de ellas. Esto solo expresa que no se trata de la cantidad sino de la calidad del conocimiento.

7 preceptos de la aldea Lira:

1. Honrar a la naturaleza: cada habitante aprende a apreciar y a respetar la tierra, los ríos y los bosques, reconociendo que la esencia espiritual reside en la armonía con la naturaleza.

2. La paciencia: se erige como una virtud fundamental. Comprendiendo que la verdadera alquimia requiere tiempo y dedicación.

3. El silencio interior: es cultivado como una joya rara y hermosa. Los habitantes valoran el arte de la meditación y la introspección.

4. La empatía: se manifiesta en cada interacción hacia ellos mismos y hacia los demás, entendiendo que todos están inmersos en su propio proceso de transformación.

5. La gratitud: es la moneda de intercambio espiritual y es el mayor catalizador de la alquimia espiritual de la aldea.

6. El respeto mutuo: sostiene a la comunidad y cada individuo es considerado una pieza esencial en el tapiz de la aldea.

7: El amor: es la mayor fuerza de transformación que existe, y es la llave que abre las puertas del crecimiento espiritual.

EL MONJE DE LIRA- NICK ZETA.

Día 38 de viaje

Dejé la furgoneta aparcada en un estacionamiento y alquilé una motocicleta .vb más cercano al bosque, donde la dejé estacionada y seguí la ruta caminando por más de ocho horas.

El sol descendía en el horizonte cuando, con paso cauteloso, ingresé a la aldea en el corazón del frondoso bosque. Los pinos altos y antiguos formaban un dosel verde sobre las modestas cabañas, mientras que el suelo estaba tapizado por una alfombra de hojas doradas. El aire estaba impregnado con la fragancia de la naturaleza, y el sonido del agua corriendo suavemente susurraba en la distancia haciéndome sentir en profunda paz.

Seguí caminando a paso lento, y a medida que me fui aproximando al centro de las aldeas, fui recibido por un grupo de aldeanos vestidos con túnicas de color beige. Uno de ellos me dio la bienvenida.

—Bienvenido a nuestro hogar. Soy Caleb, y esta es la aldea Lira, de la alquimia espiritual —dijo antes de añadir—: Todo lo que tenemos también es tuyo, pero he de advertirte que los placeres del mundo moderno no habitan en estas tierras. No contamos con internet o electricidad, pero todos te haremos sentir en casa.

—Gracias por el recibimiento —respondí—. Mi nombre es Nick, y estoy en busca del gran maestro, ese que tiene en su haber el secreto de la *Página Perdida de la Sabiduría.*

—Entiendo y valoro tu honestidad, Nick, pero he de informarte que este año hemos recibido a más de trescientos viajeros que buscaban el mismo conocimiento, y el maestro Alistair no ha dicho una palabra. Te brindaremos alojamiento y comida durante tres días, pero si al tercero, el maestro no ha dicho nada, tendrás que irte. Son nuestras reglas —me explicó Caleb.

Más de trescientas personas habían fallado. ¿Qué me hacía diferente? Por un momento perdí la esperanza, pero ya estaba allí, así que lo seguí a la aldea donde me alojaría.

—Compartirás la habitación con la doctora Dalila y el príncipe Ezra. Ambos vienen con tus mismas aspiraciones.

Asentí entrando en una habitación con tres camas y un baño. Las paredes eran de madera y el interior sencillo, pero se sentía cálido.

Dejé mis pertenencias y salí nuevamente para seguir a Caleb.

El bosque era impresionante. Nunca había visto algo similar, se sentía la magia en cada detalle. Mientras avanzaba, la paz fue llenándome y supe que, aunque no me dieran el secreto de la sabiduría, ya el viaje valía la pena y era afortunado de estar allí.

—Es ese el gran maestro, y a su alrededor están todos sus aprendices. Durante el día tomamos turnos para meditar junto a él.

—¿Voy a saludarlo? ¿Me presento? —pregunté observando al monje alquimista sentado bajo un antiguo roble.

—El maestro Alistair lleva cinco días en profunda meditación. No puedes cortar su proceso interno.

—Lo entiendo. Puedo hablarle cuando sea su tiempo de comer.

—El maestro no ingiere alimentos en medio de su meditación.

—¿Lleva cinco días sin comer o tomar agua? No es posible.

—Los imposibles existen para las personas de poca fe —respondió el aldeano.

—Tengo una inquietud. ¿Cómo el maestro va a saber que lo estamos esperando si no se levanta de su meditación profunda?

—Nuestro maestro ya sabe que estás en Lira. La pregunta es: ¿qué estás haciendo en nuestras tierras?, ¿para qué has venido?

—Te lo he dicho antes, vengo en busca de la página perdida de la sabiduría. Por eso necesito conversar con él.

—¿Te interesa el tiempo del maestro, y no crees que es posible que el sabio Alistair pueda pasar cinco días sin comer? No entiendo. ¿Cuál es el objetivo que persigues al conseguir el secreto de la sabiduría, si la tuya te hace aseverar lo que es posible y lo que no?

—No fue mi intención irrespetarlos ni cuestionar sus costumbres —me apresuré a explicarle—: Nunca he meditado, no sé cómo hacerlo ni conozco el tema. No sabía que era posible mantenerse sin comer o beber, pero en realidad hay mucho que no sé.

—No has respondido mi pregunta. ¿Qué haces aquí?

—Vine a hablar con el maestro.

—Sigues sin responderme. ¿Qué haces en la aldea de Lira?

—Mi abuela falleció y me dejó la caja con la página perdida, la que contiene una mariposa, pero sus letras no son legibles. Es como tener una hoja en blanco. En otras cartas hablan del maestro, me explican que solo él puede tener la respuesta.

—Volveré a preguntarte: ¿Qué haces en este bosque? ¿A qué viniste? ¿Qué estás haciendo aquí, Nick?

—¡No lo sé! No tengo idea de qué estoy haciendo aquí. No sé por qué vine. No sé qué hago en este bosque, pero quiero descubrirlo. Es probable que no sea digno, porque soy lo contrario a un hombre sabio, pero aunque no reciba el secreto de la sabiduría, haber llegado hasta aquí ya es un logro, y espero aprender lo más que pueda de cada uno de ustedes y aplicar esos aprendizajes en mi vida.

—El principio del *saber* es tener la capacidad humana de admitir el desconocimiento, y acabas de hacerlo, viajero. Eres digno de estar en Lira y, aunque no podemos predecir el futuro, el presente dicta que eres alguien especial. Yo soy el encargado de autorizar que veas al maestro y acabas de pasar mi prueba. Soy Caleb, hijo del sol, y soy uno de los primeros aprendices del gran maestro de la alquimia espiritual. Nací en este bosque y he de admitir que desde hace mucho esperábamos la llegada del guardían del cofre perdido. Ahora debes descansar. Los próximos días serán de meditación profunda. El príncipe Ezra, la doctora Dalila y tú, se adentrarán en un viaje con el maestro. Partiremos mañana antes del amanecer. Serán dos días de pruebas y el gran maestro decidirá cuál de ustedes es digno para conservar el secreto de la sabiduría.

Dios te cerró una puerta

porque sus planes para ti eran otros.

Te esperaba algo mejor.

Ya lo estás logrando

Aún no lo ves, pero ya estás logrando eso con lo que sueñas cada noche. Ha salido de tu mente y se está convirtiendo en una realidad, ya lo has hecho antes. Así que cree en ti cuando nadie más lo haga. Cree en ti cuando no haya nadie aplaudiéndote ni viéndote detrás de la pantalla.

Cree en ti porque es el único paso que te llevará a alcanzar aquello que un día prometiste lograr.

Yo creo en ti.

DE: MÍ
PARA: MÍ

No tengas miedo de reiniciarte; a menudo, las segundas versiones son las mejores.

Nunca es tarde para reconstruirte de cero si es necesario, pero esta vez con cimientos mucho más sólidos.

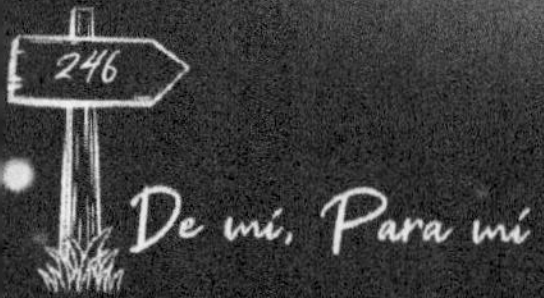

LA SOLEDAD
TE HACE ENTENDER
QUE NO CUALQUIERA
MERECE SER TU COMPAÑÍA.

DÍA 39 DE VIAJE:

Minutos antes del amanecer, nos adentramos en una caminata por el bosque, con montañas emergiendo entre la espesura, mientras las ramas de los árboles se entrelazaban, y una multitud de pinos iba alzándose como testigo silencioso de los secretos ancestrales. Me permitieron tomar fotografías de la naturaleza, pero no de las personas. Eso hice. Capturé los detalles y fui feliz en cada paso, sin ningún estrés por la página perdida de la sabiduría. Solo fui dejándome llevar por lo que estaba viviendo.

Atrás de mí iba el príncipe, fatigado por los insectos y ansioso de llegar. A mi lado iba la doctora, ayudada por Caleb y dos aprendices más que guiaban su paso, porque hace apenas tres meses ella había quedado ciega. La Doctora Dalila tenía treinta y siete años y había estado en varias guerras sirviendo de apoyo y prestando sus servicios. Ella había sido amable conmigo, aunque en sus ojos perdidos se notaba la tristeza que la invadía.

El gran monje Alistair, con sus ochenta y nueve años, era quien lideraba la caminata. Se movía con destreza a pesar de que durante todo el recorrido mantuvo los ojos cerrados. Él, con barba blanca y semblante sereno, nos condujo por el frondoso bosque donde la luz se filtraba entre las hojas, hasta que Caleb se le acercó como si el gran maestro lo estuviera llamando. Alistair no hablaba, pero así como no usaba sus ojos y parecía ver perfectamente, lo mismo sucedía con sus aprendices. No necesitaban oír su voz para seguir sus instrucciones y su primer aprendiz fue prueba de ello.

—Jóvenes buscadores, el maestro quiere que a partir de ahora avancen con los ojos cerrados, y se apoyen de sus otros sentidos para llegar.

—¿Está hablando en serio? —se quejó el príncipe.

—Solo los que estén preparados para la sabiduría podrán lograrlo, príncipe —le respondió Caleb, y en realidad, el reto era para él y para mí, porque Dalila no contaba con el sentido de la vista, y me pareció emocionante esa experiencia. Guardé la cámara en mi bolso y cerré los ojos. No puedo mentir y decir que no estaba dudoso, pero mientras avanzábamos —en mi caso de forma lenta y torpe— Caleb volvió a dirigirse a nosotros:

—Sientan la tierra bajo sus pies —susurró—: Cada paso es una conexión con la madre naturaleza que nos guía hacia la esencia de nuestro ser.

A medida que avanzábamos el primer aprendiz describía el entorno con palabras que pintaban imágenes en nosotros y nos hacían conseguir el equilibrio y seguir las pistas hacia el destino, sin tropezar.

—Escuchen los susurros del viento, en el abrazo del sol está el puente hacia la tierra que fecunda donde pasaremos los próximos días. La alquimia espiritual es ver más allá de lo visible, es percibir con el alma —nos dijo el primer aprendiz y supe que esas palabras eran del maestro. Ahí descubrí que el maestro y los aprendices..., eran uno solo.

Mientras avanzaba, sentí que alguien tropezó tras de mí y detuve el paso. Sin abrir los ojos, me lancé en la tierra en búsqueda de la persona. Al no conseguirlo sentí frustración, pero respiré profundo. Me conecté con el silencio y allí estuvo, percibí los movimientos en la grama y conseguí a la doctora, algo me lo dijo. Ella ni siquiera pidió ayuda. Pero me abrazó y sentí su frustración; pude sentir su sufrimiento. La ayudé a levantarse y seguimos caminando juntos para alcanzar al resto.

—La claridad nunca ha dependido de los ojos, sino de nuestra conexión interna. Confíen en su intuición y dejen que el alma les guíe —proclamó otra voz diferente a la de Caleb.

Dalila y yo estuvimos apoyándonos durante nuestro trayecto, y poco a poco sentí una mayor conexión con lo que me rodeaba. La doctora soltó mi brazo luego de la primera hora y me alegré de saber que había recobrado su seguridad. De pronto, en ese bosque, con los ojos cerrados y mi corazón abierto, fui descubriendo la riqueza de la experiencia sensorial que ofrecía la naturaleza y que nunca antes había valorado. Cuando por fin llegamos y nos pidieron abrir los ojos, mi mirada se encontró con la del gran maestro Alistair, y él me sonrió.

—Recordad: la visión verdadera proviene de la conexión con uno mismo y con el mundo que nos rodea, ahora, depende de ustedes mantener abiertos los ojos de su alma —dijo el gran maestro Alistair con una voz ronca y potente. Detrás de él una manada de pájaros adornó el cielo—: En la conexión con la tierra y entre nosotros, en esa unión reside la verdadera fuerza.

Cuando Dios me llamó:

Fue todo tan rápido, y te escuché llorar, pero no podía abrazarte. Por más que trataba de llegar a ti, no era posible. Gritabas y abrazabas mi cuerpo, y lo que más deseaba era poder calmar tu dolor. Pero todo era confuso para mí, y verte tan triste fue lo más frustrante. Una necesidad de cuidarte llenó mi pecho, y aun así tenía que irme, aunque no quisiera dejarte.

Mientras me iba alejando, una parte de mí se quedaba a tu lado. De pronto, ya no podía verte, pero sentía tu dolor convertido en rabia. Estabas arrasando con todo y gritando que volviera, pero yo no podía regresar. Nunca hubiese escogido dejarte, pero mi tiempo había culminado. No solo fue doloroso para ti, también sufrí con nuestra despedida. Ya mis lágrimas no salían, y mi cuerpo tenía otra forma, pero mi corazón seguía latiendo de amor por ti y por todas las personas que iba dejando atrás, y que no volvería a ver por mucho tiempo. Pero especialmente por ti. Tu dolor era mi dolor, y mi esencia seguía volando, mientras me resistía tratando de quedarme a tu lado.

Cuando llegué al sitio más lindo del mundo, el dolor que sentía ya no estaba allí porque llegó el entendimiento. Supe que era una despedida temporal, y que tú también lograrías superarlo.

Poco a poco, una sensación de paz llenó mi espíritu, y ya no habían preocupaciones ni cansancio. Pero no puedo contarte más. Solo puedo decirte que mi sueño es que vuelvas a ser feliz, y que tengas por seguro que siempre estoy cuidando de ti; nos volveremos a encontrar.

ME DESPERTÉ BUSCÁNDOTE - NICK Z.

—Desde que moriste parezco un loco hablándole a las cenizas, pensando que en ellas estás tú. Me fui muy lejos tratando de encontrarme, y no sé si consiga el camino de regreso a mí, porque siempre vuelve el dolor de tu ausencia —hablé hacia el cielo, hacia el frasco con sus cenizas, y hacia todas las direcciones.

—Si enciendes la chispa que hay dentro de ti, siempre podrás volver a reencontrarte.

—Esto no es real.

—Es tan real como tú quieras que sea, ¿o ya dejaste de reconocer mi voz?

—¿Cómo es pos...?

—En la vida casi nunca conseguirás los *cómo* —me interrumpió la voz y agregó—: Ponte a pensar, ¿cómo es que existimos entre tanta grandeza? Sobre tu cabeza hay más estrellas de las que podrías contar, estás en un planeta donde viven millones de humanos y afuera existen más planetas de los que se pueden contabilizar. ¿Qué importa el cómo, Nick? Importa más el por qué, y la respuesta no es una, son infinitas y dependen de ti. Así que aprovéchame y tengamos esa conversación que tanto anhelas.

—¿Por qué te fuiste?

—Porque mi tiempo en la Tierra terminó.

—No pensaste en mí ni en lo que dolería.

—No somos los que escogemos cuándo partir, Nicki. O al menos, no del todo. Y solo hablas de ti y de lo que sucede contigo, pero... ¿crees que fue fácil para mí irme y saber que no te volvería a ver, o a tu hermana?

No supe qué responderle. Me sentía enfadado, y al mismo tiempo, una parte de mí sentía felicidad al escuchar su voz. Pero mi frustración, las ganas de decirle tanto y la sensación de que tenía poco tiempo, fueron ganando terreno y las lágrimas me inundaron.

—Nicki..., solo me fui físicamente, pero estoy contigo en cada paso. He estado viéndote crecer, superar obstáculos, perder el miedo a conocerte, cuidar de Emma, pero sobre todo, y lo más importante, te he visto cuidar de ti, pequeño.

—¡No creo lograrlo! No creo que pueda hacer lo que tú hiciste conmigo. Ni siquiera sé quién soy cuando no estás.

—El primer paso para conocerse es estar perdido. Tenías razón cuando decías que el viaje no lo iba a curar todo, porque no se trata de un solo viaje, sino de cientos de ellos, y muchos de esos viajes ocurren en tu día a día. Aun así apostaste, Nicki. Saliste de tu encierro, saliste del confort y de la autolamentación para irte lejos, y aquí estamos, me tienes contigo.

—No te tengo.

—Mira con tu corazón y entenderás que estoy contigo como el primer día cuando a tu madre le dio depresión posparto y te dejó a mi lado. Estoy contigo como el primer día que me dijiste mamá y la muerte no nos va a quitar la conexión. La muerte no va a impedir que me sienta orgullosa de ti en cada aspecto, muchacho. Tú siempre serás mi gran amor.

De pronto, ya no estábamos frente a la fogata, ya no estaba el cielo estrellado. Estábamos acostados en el pasto y se había hecho de día. Con el sol radiante iluminando mi cara me volteé a ver si era cierto, y la encontré allí. Tenía la camisa de botones azules, su favorita, esa que le regalé cuando cumplió setenta. Se veía hermosa.

—¿Estoy soñando?

—¿Y qué son los sueños sino un fragmento más de la ambigua realidad?

—No quiero que te vayas.

—Todos nos vamos.

—Pero tú no.

—Ya me fui, Nicki. Tú también te fuiste, pero sigues viviendo. Te fuiste del vacío para encontrar la parte de ti que huyó, pero ya no huyes del dolor, ahora lo sientes desde adentro y lo iluminas con tu chispa, esa que estará cuando las luces estén apagadas, cuando el sol no sea radiante, y cuando nadie más esté. Siempre te tendrás a ti mismo.

—Lo que más deseo es abrazarte, pero me da miedo que al hacerlo, te disuelvas y no pueda volver a ver tus ojos.

—Durante este viaje te hiciste amigo de tus miedos, pero la decisión es tuya. Puedes arriesgarte, aunque pierdas, o ser cauteloso y no hacerlo, quedándote solo con lo que tienes ahora.

—¿Y si no puedo con todo lo que viene después de ti?

—¿Qué es poder sino una sucesión de intentos y de fracasos que se convirtieron en un intento más? Habrá días difíciles, querrás rendirte, golpearás tu almohada y la presión será tanta que tu mente te dirá que no estás preparado, pero es solo una parte de ti, porque las otras te dirán que sigas, y al final seguirás, porque tú siempre lo haces.

—¿Y si me canso y no soy lo que pensabas? ¿Y si no lleno tus expectativas?

—Está bien cansarse. Te mentirán diciéndote que debes triunfar en todo, pero la vida no es solo eso. No puedes vivir tratando de hacer algo que no quieres por llenar mis expectativas ni las de otros. Si algo no te hace bien, y necesitas retirarte y seguir otro rumbo, ¡entonces hazlo! Hazlo, Nicki. Porque en esta vida es a ti a quien debes ser leal y ten por seguro que, en cualquier caso, yo estaré orgullosa de ti. Estaré amándote siempre, y estaré siguiendo tus pasos desde un rincón en el universo hasta volvernos a encontrar.

Me volteé hacia ella y la abracé. La abracé tanto pensando que se disolvería, pero el abrazo duró más de lo esperado. Lloré en su pecho y sostuvo mi cara entre sus manos. Besó mi mejilla, luego mi nariz y después mi frente, haciéndome sentir en la gloria, antes de susurrarme con toda la dulzura del mundo:

—Te arriesgaste a abrazarme, le ganaste a tu miedo, y de eso se trata la vida. Me alegra que hayas sido valiente, porque es mejor vivir y que termine, a luego arrepentirte de no haber vivido nada por miedo a que pudiera terminar. Te amo y te amaré siempre, y aunque me seguirás echando de menos, poco a poco llegará la calma y tu corazón conseguirá paz. Tu mundo seguirá funcionando sin mí. Puedes ver mis fotos cuando me extrañes, o hablarle a las cenizas que trajiste a este viaje, pero recuerda que mi cuerpo ya no yace allí. Mi cuerpo es polvo de estrellas y mi alma está en otro lugar, aunque hoy haya decidido estar aquí, contigo. No te diré que no llores, pero no te reproches, fuiste la persona que más me hizo feliz. Ahora solo recuerda que seguiré aquí, que puedes visitarme observando las estrellas, o bailando tango con alguien especial, pues seguiré contigo observando cómo te arriesgas. Pase lo que pase, si escuchas con tu corazón..., encontrarás mi voz.

Abrí los ojos y mi abuela no estaba.

Me costó adaptarme a la realidad, pero observé al maestro sentado frente a mí y caí en cuenta de que solo había sido un sueño. A mi lado estaba el príncipe Ezra, el aprendiz Caleb y la doctora Dalila. Todos nos encontrábamos sobre una gran roca, internos en el bosque. Entonces recordé que nos habían dado las instrucciones para la meditación, pero yo había fallado en mi intento. Me había quedado dormido y había terminado teniendo el sueño más hermoso de todos con mi abuela. Aunque hubiese querido que fuera real.

Enseguida, Caleb nos indicó que todavía faltaba parte del trayecto y debíamos avanzar un poco más, esta vez con los ojos abiertos.

Para la persona que me hizo ser quien soy:

Durante más de veinte años te vi levantarte a diario y salir a trabajar para que no me faltara nada. Te observé sonreír, aunque por dentro tu alma lloraba. Atravesaste miles de tormentas, pero nunca dejaste que yo me mojara. Te enfrentaste a la tempestad para mantenerme cálido. Dejaste de comer para que yo no durmiera con el estómago vacío. Llegabas cansada después de varios turnos en diferentes trabajos, pero siempre tuviste tiempo para jugar conmigo.

Me inventaste un mundo en donde todo era color rosa, y protegiste mi inocencia de los monstruos del exterior. Conseguiste que en cada Navidad, Santa llegara a casa. Y aun cuando había otras prioridades, tu prioridad siempre fue hacerme feliz. Sé que los problemas existían, pero yo era un niño, y fue después de un tiempo que supe lo valiente que fuiste por mí y por nosotros.

Te acostabas exhausta, pero despertabas con alegría para llevarme a la escuela y no dejabas de repetirme que podía cambiar el mundo, que era talentoso, inteligente y especial.

Cuando todo se vino abajo y no había suficiente dinero, vendiste tus objetos preciados y me pagaste la matrícula. Dijiste que eso era mi futuro, y que mi futuro valía más que cualquier cosa material que tuvieras. Me criaste enseñándome que nada es imposible, que el amor es la energía más poderosa que tenemos, y que el odio nos va deteriorando poco a poco. Me enseñaste que ningún trabajo es indigno, y te vi florecer y alcanzar estabilidad económica, pero sobre todo: mental.

Posdata: Si sobreviví a la tormenta, fue porque tus enseñanzas estuvieron conmigo, recordándome que los momentos difíciles representan una lección más en el libro de la vida. Y cada vez que alguien me dice que NO, te recuerdo a ti luchando por mí y enseñándome todos los días que el SÍ que necesito solo puedo otorgármelo yo mismo.

Gracias. Gracias por enseñarme a ser quien soy.

De: Mí
Para: Mí

No sé si tendré los resultados que espero,
no sé si las oportunidades vendrán,
pero hoy más que nunca, estoy seguro de mí,
de los intentos que haré y de que puedo seguir adelante
a pesar de las heridas, de los fracasos y del dolor.

No sé cuándo alcanzaré todos mis sueños,
pero ahora sé que el recorrido es tan importante
como la recompensa de llegar a la meta.
Y no merece la pena olvidarme de vivir,
solo por obsesionarme por llegar más rápido,
sin siquiera disfrutar del proceso.

Querido niño interior:

Hoy más que nunca tengo la certeza de que Dios está con nosotros. Aunque no lo sintamos, siempre ha estado cuidándonos. Incluso cuando nos alejamos de él jamás nos abandonó.

Día 39 de viaje

Cuando llegamos al sitio donde nos quedaríamos, el aprendiz Caleb señaló unas escaleras empinadas. Las subimos en silencio hasta llegar a la cima y atravesar un arco que daba la impresión de una puerta al cielo. Desde allí vislumbramos una cascada que descendía con gracia entre las rocas centellantes, y alrededor de ella nos sorprendió un valle frondoso lleno de mariposas de diferentes colores. El agua, como un flujo de energía divina, se deslizaba suavemente sobre las piedras, mientras los detellos del sol hacían un espectáculo visual impresionante. Las rocas, imbuidas de una luz mágica, parecían ser los verdaderos guardianes del secreto de la sabiduría. Cada rincón estaba decorado por la magia natural, como si la conexión espiritual con la tierra hubiera tejido aquel lugar sagrado.

—Viajeros del camino, la alquimia de las emociones consiste en la magia de tomar emociones negativas, trabajarlas y que te funcionen como el combustible que te lleve hacia algo mejor. Como sufrir una pérdida dolorosa, y dejarte guiar por el dolor para emprender un viaje a lo más profundo de ti y regresar renovado, sabiendo que lo que has aprendido te servirá para ayudar a otros —explicó Caleb, antes de organizarnos para la primera meditación.

No tuvimos descanso y nos sentamos a meditar durante todo el primer día y la primera noche. No comimos nada y solo nos dieron una oportunidad para hidratarnos. No se armaron carpas, y nos explicaron que no veníamos a dormir sino a conectarnos con el maestro.

En la primera meditación nos sentamos allí con los ojos cerrados y, en mi caso, me dejé llevar por el sonido del agua, por el canto de los pájaros y por la energía del sol. Ni siquiera sé cuándo me quedé dormido, pero tuve el sueño más real y hermoso de mi vida. Soñé que abrazaba a mi abuela, y aunque no logré mi objetivo de meditar, no me importó fallar cuando la recompensa fue encontrármela en mis sueños.

Sobre las tres de la madrugada seguíamos meditando, allí, en medio del bosque, en la cima de la cascada como si el reloj se hubiese paralizado. Podíamos sentir el viento, la música hecha por el agua cayendo, los animales nocturnos y las hojas de los árboles. Me sentí parte de la orquesta del universo y no necesité comida. Ninguno de nosotros la necesitó. No hacía falta nada más. Por ese instante sentí que lo tenía todo. No había pérdidas ni carencias, y cualquier dolor fluía con la corriente hasta conseguir la calma. Respiré profundo y recordé a mi hermana, nuestros momentos juntos y los motivos que tenía para volver. Por primera vez no se trataba de mi pasado, sino del presente que todavía tenía.

—El maestro desea conocer por qué razón requieren el secreto de la sabiduría. Aunque él ya lo sabe, quiere escucharlo de ustedes. Príncipe Ezra, será usted el primero en contestar.

El príncipe se levantó y dio dos pasos al frente. Solo estábamos él, Caleb, la doctora, el monje Alistair y yo.

—Mi padre, el noble rey, languidece en la enfermedad, y yo, su legítimo heredero, estoy próximo a portar el fardo de la corona. Es imperativo que adquiera la sabiduría oculta, pues mi misión es trascendental y no es comparable con ninguna. Mi reino es una potencia mundial y tengo la misión de unir las tierras divididas, erradicando las barreras que fragmentan nuestro planeta y las fronteras que separan a nuestros súbditos. Mi ambición no reside en la mera vanidad, sino en la encomiable empresa de erigir un lazo que fusione a las naciones, forjando una era de unidad entre los pueblos. En ello radica mi deseo de ser el custodio de tan preciado secreto.

El príncipe se sentó con solemnidad y el viento se movió con más temple, mientras Caleb le daba el turno a la doctora Dalila.

—Crecí en el seno de un monasterio y fui voluntaria desde que tengo uso de razón. Me sumergí en el estudio de la medicina durante más de una década y media, participando activamente en programas de apoyo. Desde mi investidura como médica, contribuí incansablemente al servicio del Estado en cada conflicto bélico. He estado sirviendo en cada zona de ataque, he salvado niños recien nacidos, y los he visto morir. He salvado militares, y civiles, operando en la calle y entregando todo de mí. Mi existencia se ha tejido con el propósito de salvar otras vidas, aunque la mía corra peligro, y en una de esas ocasiones, fui víctima de una explosión que me arrebató la visión. El Estado me indemnizó y

puedo vivir sin trabajar por el resto de mis días, pero no es lo que deseo. La imposibilidad de socorrer, de rescatar, de contribuir... me devora internamente y necesito el secreto de la sabiduría para conseguir otras formas de seguir ayudando. Si no puedo servir a otros en la tierra, ¿qué propósito alberga mi existencia? —su voz quebrantada pareció apagarse con las últimas palabras, dejando un eco melancólico en el aire, al tiempo que la llovizna comenzó a caer.

Así, entre la oscuridad creciente y la atmósfera de tristeza, fue mi turno de hablar.

Me puse de pie y respiré profundo llenándome de valor.

—No soy el indicado para obtener la sabiduría. Estoy aquí siguiendo las pistas que hay dentro de un cofre que heredé de mi abuela y su gran amor. Ellos, en uno de sus viajes a la montaña, se encontraron con un monje y les entregó el cofre con la página perdida de la sabiduría y el mapa de un gran viaje. La página estaba borrada y la recompensa del trayecto era el secreto, pero ahora entiendo que no es cierto. Salí de casa destrozado por la muerte de mi abuela, y porque mi novia me engañaba con mi amigo. Viajé buscando recuperarme del dolor y en el viaje conseguí más de lo que esperaba: me encontré a mí mismo y eso es más valioso que cualquier otra verdad —fui sincero y volví a sentarme en medio de ese bosque enigmático.

—Hemos tenido suficiente por hoy —dijo el primer aprendiz—: Nuestro próximo encuentro será mañana, y el maestro decidirá quién de ustedes es el designado para obtener el conocimiento oculto, que como un faro, guiará su camino hacia la iluminación.

El resto de la noche disfruté de mi soledad en medio de la grandeza de la naturaleza. Las ramas de los árboles se movían como si estuvieran sincronizadas, la luna era la principal espectadora, y viendo al cielo me topé con una estrella fugaz. Deseé que ellos consiguieran sentirse en paz, incluso si no eran los elegidos por el maestro. Yo ya me sentía victorioso. Estaba allí en una noche mágica, en un lugar que parecía un paraíso utópico, y era parte del agua, de la noche, del todo. En ese instante solo pude agradecer haber sido elegido para esa experiencia. Mi abuela, después de irse, me había dado el regalo más grande del mundo. Uno que no se podía comprar con dinero. Ella me había dado un boleto hacia la gran aventura: el despertar personal.

De: mí
Para: la pérdida

Durante mucho tiempo llegaste para atormentarme, hasta un punto en el que me robabas la paz. Hoy quiero decirte, que poco a poco voy perdiendo el miedo. Sé que en algún momento podrías regresar, pero ahora veo la pérdida como algo natural, como algo necesario.

He aprendido que no puedo aferrarme a lo que me hace daño por temor a lo que vendrá después. La vida está llena de cambios y algunas veces, esos cambios implican pérdidas, pero no puedo resistirme. No puedo evitar situaciones difíciles por miedo a lo que pueda suceder.

Ahora sé que en la medida que pierda el temor a perder, más libre y pleno seré. Sin aferrarme a dolores eternos por circunstancias que no puedo cambiar. Sin quedarme donde no soy valorado por miedo a dejar ir y perder aquello que me hace sentir seguro. Ahora sé que la vida es un constante acto de desprendimiento y transformación. Ahora sé que todo tiene un ciclo, que los apegos matan y los temores nos estancan, que aprender a alejarse es tan importante como aprender a quedarse. Que el amor no solo se demuestra al seguir intentándolo, sino teniendo el valor de irse. Y que lo que crees que perdiste, tal vez nunca fue tuyo.

Lo material no te acompañará
cuando dejes de respirar.

Lo único seguro es que tu corazón
dejará de latir.

Así que vive sin esperar el futuro,
sin llorar tanto por el pasado,
y sin chocar una y otra vez
con la misma piedra.

Aprende a decir lo que sientes,
no guardes las palabras,
porque lo único seguro
es este instante.

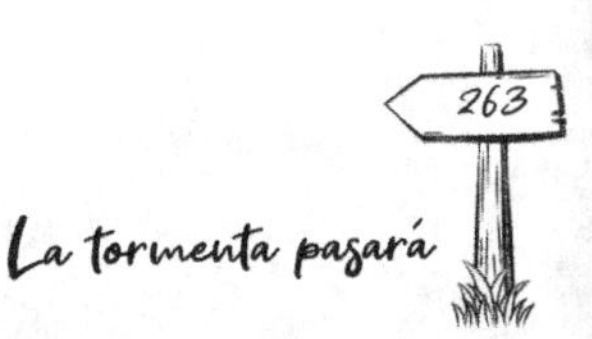

Y UN DÍA TE VAS SINTIENDO MEJOR. ESTÁS TRANQUILO, MENOS IMPACIENTE Y MÁS COMPLETO. NO ESTÁS LIBRE DE TRISTEZAS, PERO YA DESCUBRISTE QUE AUNQUE LA TORMENTA OSCUREZCA EL CIELO, TAMBIÉN SIRVE PARA MOTIVARTE A ENCENDER LA LUZ QUE LLEVAS POR DENTRO. ESTÁS ENTENDIENDO QUE LAS ALAS SE FORTALECEN NO SOLO CUANDO VOLAMOS CON VIENTO A FAVOR, SINO CUANDO RESISTIMOS FUERTES VIENTOS EN CONTRA.

De mí, Para mí

EL SECRETO DE LA SABIDURÍA- NICK Z.

Día 40 de viaje

Bajo la luz del amanecer, nos sentamos frente a un imponente árbol centenario. El monje Alistair estaba esperándonos con los ojos cerrados y el rostro sereno en medio de una de sus meditaciones.

—Llegó el momento de la segunda pregunta. El maestro desea saber qué los hace merecedores del conocimiento y por qué debe escogerlos por sobre los demás —preguntó Caleb y el príncipe Ezra se levantó con autoridad, y sin esperar que lo llamaran, se apresuró a contestar.

—En primer lugar, consideremos a una doctora cuya existencia ha sido consagrada a la benevolencia, pero por infortunio del destino, quedó ciega. ¿Qué destino aguarda a la revelación de la sabiduría cuando no puede sostenerse por sí misma? Aunque dedicó su vida al servicio altruista, le faltó autodiscernimiento. ¿Cómo puede merecer la sabiduría cuando ni siquiera puede descifrar su propio destino con la oscuridad que la envuelve? En segundo lugar, tenemos a este joven —me habló directamente—: ¿Tu abuela tenía más de setenta años?

Asentí y él me miró con la solemnidad de un monarca.

—¿Te sumiste en un dolor profundo, incapaz de comprender algo tan lógico como la inevitabilidad de la vejez? ¿Cómo confiar en alguien que no pudo con algo tan fundamental? —preguntó mirando hacia el maestro—: Un alma que no puede afrontar dolores insignificantes no merece la recompensa que otorga la sabiduría. No fue capaz de superar la traición juvenil y la muerte anunciada, ¿por qué sería el elegido? Y usted, honorable doctora —se dirigió a ella—: ¿Fue capaz de brindar ayuda desmedida, pero no de salvarse a sí misma? Le falta la sabiduría para velar por su interior y de este modo, no podrá custodiar el mundo. Admiro su antigua labor y pretendo ofrecerle una indemnización en oro por ello, solo si abandona ahora mismo su deseo al saber y a esta contienda.

La doctora negó con la cabeza rechazando su oferta.

—Saber perder también es de sabios, doctora, y más si en la pérdida también se gana. Mi deseo es gobernar mediante la justicia y la sabiduría

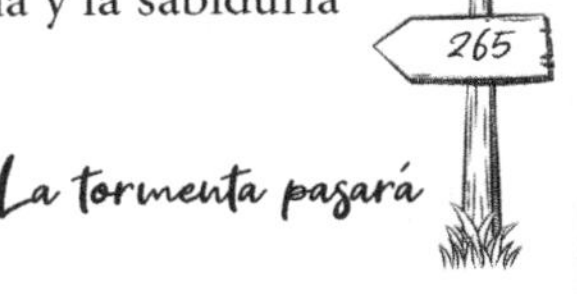

puede otorgármelo. Pienso utilizar el conocimiento para edificar un mundo regido por la verdad que estoy preparado para conocer. Como príncipe destinado a reinar, estoy en el umbral de liderar una nación. Mi preparación es innegable. Poseo la visión y la destreza para mejorar y unir el mundo. La grandeza de mi misión supera con creces las aspiraciones de ustedes. El secreto de la sabiduría, sin duda, me debe ser otorgado a mí.

El príncipe Ezra se acomodó nuevamente sobre las raíces del árbol con la altivez y elegancia que lo caracterizaban, mientras la doctora se levantó a exponer.

—Príncipe Ezra, vuestro juicio resuena con verdad. En mi ceguera, admito mi repentina inutilidad. Si el secreto de la sabiduría no me es concedido y no logro hallar cómo proseguir con mi labor de ayudar, escogeré la muerte antes que sobrevivir en la sombra de la ineficacia. Mi vocación, ejercida con maestría como cirujana, ahora me relega a la marginalidad laboral. Mi deseo radica en descubrir cómo puedo continuar siendo útil, persistiendo en mi afán de mejorar el mundo hasta el último día de mi vida, pero hay algo que puedo asegurar... Asevero frente al gran maestro, que he contribuido a preservar más vidas como una simple mortal que las que el príncipe ha podido rescatar con su ostentoso poder. Pueden confiar en que, de poseer el secreto de la sabiduría, lo destinaría a un fin noble. En cambio, ¿cómo sabemos que el príncipe no se dejará seducir por los vicios inherentes al poder cuando acaba de intentar sobornarme? —preguntó molesta, y cuando intentó sentarse, Caleb le ofreció ayuda, pero la doctora Dalila se negó a recibirla.

El príncipe se notaba obstinado, la tensión entre ambos era palpable, como si estuvieran dispuestos a llegar a las últimas consecuencias por ganar el secreto de la sabiduría. Me concentré tanto en ellos, que fue Caleb quien tuvo que recordarme que era mi turno de hablar. Al principio estaba nervioso, pero aclaré mi garganta, dejé de pensarlo y me limité a ser sincero y explicar lo que viví, rompiendo el momento tenso.

—Hice el viaje con la intención de sobreponerme de una pérdida, y conseguí que nada estaba perdido. El príncipe dicta que mi dolor es insignificante, pero mi dolor fue tan grande que me hizo renacer. Antes carecía de fe, y ahora sé que estar vivos es un milagro. Antes pensaba que no podía seguir sin mi abuela, y ahora sé que mi abuela sigue conmigo. Por eso, sería egoísta querer el secreto de la sabiduría, cuando ya he aprendido lo suficiente y puedo seguir aprendiendo por mi cuenta. Siendo sincero, si tuviera el poder de elegir quién merece el conocimiento, escogería a la doctora, porque no quiere la sabiduría para un fin personal, al contrario, su mayor deseo es ayudar. Ella pudo haber aceptado la indeminización del futuro rey, pero lo rechazó fiel a su deseo de seguir trabajando por los demás y eso es admirable. Por otra parte, también escogería al príncipe, porque entiendo la presión que tiene en sus manos. Y si con esa sabiduría podrá ayudar a miles de millones de personas, y usarla para construir puentes donde ahora hay fronteras, entonces merece tenerlo. De entre ellos, yo soy el que menos lo requiere y ya me siento ganador al poder haber tenido este viaje lleno de experiencias transformadoras.

Volví a sentarme ansioso, por conocer quién de ellos sería el elegido.

—Cierren los ojos y pónganse de pie solo cuando el maestro los llame por su nombre —indicó Caleb dejándonos solos con el monje.

Por unos minutos que me parecieron eternos, estuvimos en silencio, hasta que la voz del maestro llenó el espacio con una potencia que resonó en cada rincón, dejándome maravillado por la profundidad y autoridad que emanó de sus palabras.

—Viajero Ezra, príncipe dorado, hijo del rey Lessath, cuidador de los mares y buscador eterno de la paz. Ha desestimado el sufrimiento ajeno utilizando palabras para menospreciar como lo hizo con la viajera Dalila, sin comprender que somos más que los sentidos que nos han sido otorgados. Existen formas diversas de percibir y la visión va más allá de los ojos. También ha criticado al joven viajero por el tamaño de su dolor, sin saber que ningún sufrimiento es comparativo. Hoy no se trata de quién sufre más, sino de quién está listo para recibir el conocimiento. Usted no es el elegido porque aquel que todavía no comprende que no es superior por su posición, posesiones o poder, se halla distante del gran secreto del saber. La sabiduría y el ego no son aliados afines. Hoy, estimado príncipe, usted no ha venido con nosotros; en este viaje, su ego ha sido nuestro acompañante.

—No —objetó el príncipe—. Le juro que se equivoca, gran maestro.

—Puedo vislumbrar buenas intenciones en su ser, pero si avanza arrasando a otros en busca de su beneficio, no es digno de la sabiduría. Ha heredado la monarquía, le corresponde liderar, pero el poder absoluto siempre corrompe, especialmente cuando cae en manos que no están preparadas, y usted no lo está, pero le invito a quedarse con nosotros. La familia de Lira lo guiará en el arte de la alquimia emocional y lo preparará en su propósito. Cuando esté listo, sabré que no le confío el poder de destruir el mundo, sino de contribuir a mejorarlo. Ahora, puede retirarse.

Para mi sorpresa, el príncipe no objetó el veredicto y se alejó de nosotros, mientras el canto de los pájaros se convirtió en una sinfonía delicada que fue flotando en el aire creando una atmósfera celestial y de paz. La voz del maestro Alistar sobresalía en esa orquesta natural, como si pudiese, con sus palabras, sorprender a la naturaleza y dirigir todo aquello.

—Viajera Dalila Altaluz, cuidadora de los humanos, designada al propósito de ayudar. Ha ofrendado su existencia para salvar vidas, pero en ese sendero se ha extraviado a sí misma. Ahora debe socorrerse a usted, no a otros. Ha dejado de ver con los ojos físicos porque es tiempo de mirar con los ojos del corazón. Hoy no le será concedido el secreto de la sabiduría, pero sí la posibilidad de ser guiada hacia la luz. Por eso, quiero designarla como una de mis primeras aprendices. Lo que le ha tomado a otros años de práctica, te lo ofrezco de inmediato con la condición de quedarte un tiempo en nuestro bosque, donde le enseñaremos a recobrar la visión interior. Usted y el príncipe Ezra trabajarán juntos.

—¿Por qué con él si no tenemos nada en común?

—Precisamente por eso. Usted no ha aprendido a amarse a sí misma, y el príncipe se ama en exceso. Él se ahoga en su soberbia, y a usted se le desborda la humildad. Viven en dos extremos que hay que conciliar para estar en equilibro, y sé que este recorrido será enriquecedor si aceptan quedarse. Por ahora, ya se puede retirar —soltó el maestro y la doctora no se tomó el tiempo para pensárselo. Aceptó de inmediato la propuesta.

Una vez solos, el maestro me invitó a acompañarlo y caminamos juntos hacia el valle de las mariposas. Verlas fue impresionante, iban dejando destellos de luz en el aire como pequeñas chispas de magia.

—Eres el elegido para escuchar el secreto.

—¿Por qué yo, si ellos tienen razones más poderosas?

—Porque fuiste el único que hizo las paces con su interior. El único que pensó en quién de los tres podía usar el secreto para el bien común, pero la sabiduría está al alcance de todos, y la página está en blanco porque nada está escrito en nuestro destino. La sabiduría es un estado consciente que se tiene que desbloquear. Ahora que sabes esto, antes de continuar, puedes hacerme dos preguntas.

—¿Volveré a encontrarme con mi abuela?

—Ya lo hiciste. Lo que creíste que había sido solo un sueño, fue real. Entraste en una meditación profunda y descubriste que no se ha ido. Puedes hablar con ella a través de Dios.

—Sobre eso —lo interrumpí, siendo sincero—: Todavía tengo dudas con mis creencias y aunque sé que existe algo superior, no le tengo un nombre. Nunca he sido religioso.

—Dios no necesita que lo llames Dios para existir, a Él le basta que lo sientas. No necesita adeptos, sino gente buena —pronunció y en sus ojos destellaba la chispa de la experiencia—: Dios vive en ti, viajero. Ahora, te queda una última pregunta.

—¿Por qué hay una mariposa en la página perdida de la sabiduría?

—Esperaba que preguntaras eso —respondió y el surco de sus arrugas decoró su cara cuando me dedicó una sonrisa—: Hace mucho tiempo, en un rincón mágico de este bosque, vivía una oruga llamada Eos. En su pequeño corazón, guardaba un sueño que parecía más grande que ella misma: el sueño de poder volar y convertirse en una mariposa. Una parte de Eos creía que tenía un destino lleno de cambios extraordinarios, pero la otra parte de ella, sentía que solo era una oruga y nada más. Las dos debatían a diario, y la que creía en sus sueños fue la que le insistió en romper su capullo. Cuando estuvo a punto de hacerlo, la otra parte, llena de miedo, la aferró al caparazón que conocía. Fue entonces, cuando una sabia mariposa llamada Experiencia, le susurró: *"Si no crees en tus sueños, nunca te prepararás para los cambios"*. *"La vida empieza cuando te atreves y tienes fe"*. Con el eco de sus palabras, la oruga comenzó a abrir sus ojos internos y comprendió que la transformación requería despedirse de la seguridad de ser una oruga y comenzar su viaje.

—¿Y logró hacerlo? —pregunté.

—Al llegar a la cima de una hoja elevada, se detuvo a contemplar el sitio donde creció, y pensó que no era capaz, pero de nuevo, la mariposa Experiencia, se posó a su lado y le habló: *"Si no crees en el poder de tus alas, nunca dejarás de ser oruga y no podrás volar"*. Con un último vistazo, la oruga dejó atrás sus miedos, rompió el capullo y se lanzó al aire.

—¿Pudo volar?

—Lo hizo —respondió sonriéndome—: Con cada aleteo, la oruga transformada en mariposa hizo arte en el cielo con colores nunca antes vistos, y la leyenda de la mariposa se convirtió en parte del secreto de la sabiduría: *Si no abandonas la comodidad, y no rompes los límites de lo conocido, nunca podrás experimentar la verdadera belleza de vivir. Solo aquellos dispuestos a desafiar su entorno y sus problemas, podrán sentir la magia de la transformación, pero requiere paciencia. Así como la oruga con cada día que pasaba se iba preparando, construyendo su capullo y confiando que dentro de esa crisálida se develaría su verdadera esencia, así mismo pasa con la vida. Querer conseguir los éxitos de inmediato es lo que hace que los viajeros se desmotiven y dejen de intentarlo. Hay que confiar en el proceso. Los sueños, cuando se trabajan con paciencia, perseverancia y amor, se materializan tarde o temprano, pero el secreto es no comparar tus logros con los de los demás* —susurró el maestro con una cadencia que resonaba como notas melódicas y una mariposa con alas de tonos iridiscentes voló frente a nosotros. Extendí mi mano y se posó en ella.

—El mayor conocimiento se halla en la capacidad de observar la vida con los ojos despiertos.

La mariposa abrió sus alas con la gracia de la transformación, y con un vuelo elegante, ascendió hacia las alturas. El gran maestro cerró los ojos y yo hice lo mismo, dejando que el viento acariciara mi rostro, y agradeciendo ser merecedor de ese instante.

—El secreto de la sabiduría es como una mariposa, revela su belleza a quienes tienen la paciencia de admirarla y la sensibilidad de dejarla ir; pero solo reposa en aquellos dispuestos a apreciar su efímera presencia. Y tú, viajero, has enfrentado el miedo a la noche oscura y por eso eres quien está mereciéndose el amanecer.

Me quedé callado aprendiendo del maestro y valorando sus palabras.

—A partir de ahora no tengas miedo de volar nuevos cielos. Yo no soy tu último destino. Apenas estás descubriendo tus alas, y aunque parece el final, te aseguro que el viaje apenas comienza. La hoja de la sabiduría seguirá en blanco, pero ya aprendiste el gran secreto y ya sabes que no todo lo que parece vacío lo está. Cuando tus ojos te fallen, usa la visión de tu corazón y te aseguro que conseguirás el camino. Fuiste el elegido y no por mí. La sabiduría no puede otorgarse, sino que se consigue y tú, entre todos, fuiste quien la halló.

La página perdida
de la sabiduría:

ES MÁGICO CÓMO DIOS, CUANDO MENOS LO ESPERAS, VA CONCEDIÉNDOTE DE FORMA GRADUAL TODO LO QUE HAS PEDIDO DESDE EL FONDO DE TU CORAZÓN.

DE VUELTA A CASA - NICK Z.

Después del viaje

Mientras conduzco de vuelta a casa, pongo la música a todo volumen y Rayo ladra emocionado, recordándome que la mejor decisión de mi viaje fue ir a buscarlo. Bajo el vidrio para sentir el viento en mi cara, al tiempo que canto a todo volumen sintiéndome vivo. Sintiendo que todo sucedió por una razón y que fue perfecto. Observo por el retrovisor y puedo ver a mi abuela sentada en el puesto trasero, bailando al ritmo de la música y sonriendo orgullosa de que lo haya logrado. Puedo sentir a mi abuela mirándome como antes, bailando conmigo como cada vez que íbamos a la tienda, poníamos rock, y ella agitaba su cabello cantando a todo pulmón. Canto más fuerte porque le canto a la esperanza, a los comienzos, a lo que vendrá, a los próximos encuentros, y sobre todo, le canto a mi vida y me canto a mí.

Manejo con la confianza de alguien que está dispuesto a aprender de todos los maestros que le presente la existencia. Acaricio a Rayo sabiendo que será mi compañero de viaje y que viviremos cientos de aventuras. Viajamos durante varios días, y la soledad ya no me resulta insoportable. Valoro el silencio, porque en él puedo hablar con mi interior. Valoro lo efímero, porque en él descubro la belleza de lo transitorio. Ya no me apego a los *hubiera sido* y disfruto lo que es. Admiro la persona en la que me he convertido y no tengo pena de decirlo: estoy orgulloso de mí.

Mientras conduzco me repito que es el comienzo. Que este viaje llegó a mi vida para enseñarme que estar en movimiento también es una forma de sanar. La tormenta me convirtió en esta nueva versión, una que a pesar de estar rota, funciona mucho mejor que cuando estaba en su versión original.

...

Rayo y yo llegamos a casa a las 4:06 p.m. de un viernes. Quiero correr a abrazar a mi hermana y abro la puerta cargado de la adrenalina que te da reencontrarte con quien amas. Cuando entro, las luces están apagadas, y mi sorpresa es que al encenderlas encuentro mis fotografías pegadas por todas las paredes de mi casa.

Los atardeceres que le regalaba a mi abuela decoran las paredes, inundando cada espacio de la sala. También hay varias flechas con notas y leo la primera: «*No fui la mejor madre, pero tú sí fuiste el mejor hijo. Le regalaste la mejor vida a mi madre y aunque no supe cuidar de ti, estoy orgullosa del hombre en el que te has convertido*».

Avanzo hacia la siguiente nota y está acompañada de una fotografía de mi hermana en una presentación de ballet.

«*La forma en la que trabajas día y noche para que tu hermana pueda perseguir sus sueños, habla de ti, Nick*».

Sigo avanzando hacia la siguiente fotografía, pero esa no fue tomada por mí sino por mi madre. En ella estamos mi abuela y yo viendo películas en el sofá, y yo estoy recostado de sus piernas. Tenía siete años.

«*Ustedes dos fueron los mejores cómplices, y aunque muchas veces sentí celos de la relación que compartían, cada vez que los veía solo podía sonreír al ver que se hacían tan felices mutuamente*».

Los recuerdos van llenando mi mente. Somos mi abuela y yo haciendo locuras, conquistando el mundo, somos nosotros, aunque no siga viva.

Voy a la nota número cuatro. El mensaje está escrito con la letra de mi hermana y tiene un dibujo hecho de palitos con una capa de superhéroe. Arriba dice mi nombre y está cogiendo la mano de otra muñequita hecha de palos, —pero más pequeño— que dice Emma seguido de una nota corta: «*Tú eres mi superhéroe*». Esas cuatro palabras son suficientes para que las emociones que tengo a flor de piel se revuelvan en mi interior. Rayo me lame la cara —porque no lo he bajado de mis brazos—, y ladra como si estuviera tan emocionado como yo. Porque hoy ninguna de mis lágrimas es de tristeza.

Mi madre sale de la cocina y no lo pienso. Voy directo a abrazarla porque nadie es perfecto. Porque yo también la necesito y porque todavía estamos a tiempo.

—Perdóname —oigo decir a mi madre que rompe en llanto y la abrazo con todas las ganas acumuladas de tantos años.

—Te amo —salen de mi boca dos palabras que tenía guardadas en el fondo de mí. Dos palabras que quise decirle muchas veces desde que era un niño. Porque es cierto. La amo. Siempre la he amado.

Y no sé por cuánto tiempo nos abrazamos, pero es el suficiente para saber que el rencor que tenía dentro de mí ya no existe.

—¿Dónde está Emma? ¿Está durmiendo?

—Tu hermana está en el parque. Desde que te fuiste, nuestra vecina Sara la ha llevado a pasear y a sus clases de ballet. ¿Sabías que la mejor amiga de Emma es la hermana menor de Sara? Quisiera presentártela. Es una buena chica. —Mi madre me habla de ella sin saber que no solo la conozco, sino que no ha salido de mi mente durante las últimas semanas.

Sonrío por inercia, pero no me da tiempo de decir nada. Rayo comienza a ladrar como diciendo: «*Aquí estoy... ¿y mi bienvenida?*». Mi madre se derrite de amor y lo acaricia hasta que me lo llevo a buscar a mi hermana. Sé que lo amará tanto como yo.

Buscarlas no es difícil porque conozco el sitio favorito de Emma dentro del parque, y allí está jugando con su amiga, mientras Sara las observa.

No me da tiempo de dar el factor sorpresa, porque Rayo deja de ser paciente y corre hacia la caja de arena que está cerca del tobogán. Emma se enloquece cuando lo ve. Siempre ha querido un perro.

—Se llama Rayo —digo acercándome.

Se queda petrificada como si estuviera frente a un holograma. Ninguno de los dos dice nada hasta que se abalanza hacia mí y la abrazo fuerte.

—Te extrañé cada segundo, pero ¡conseguí el tesoro! —explico, y señalo al cachorrito, mientras ella me abraza y deja besos en mi mejilla.

—Nick me ha regalado un perrito —dice Emma con emoción—: ¡Es parte de nuestra familia! Mi hermano consiguió su tesoro y lo ha traído a casa para compartirlo conmigo. ¡Se llama Rayo! —exclama, revolcándose en la caja de arena con nuestro perrito, que le lame toda la cara.

—¿Tuviste un gran viaje? —me pregunta Sara, parándose a mi lado.

—Fue un viaje difícil, pero emocionante —admito.

—«*El éxito de todas las cosas radica en su dificultad*» —responde ella, citando a Alexandre Dumas.

—Por fin lo he entendido, Sara: «*La única manera de lidiar con este mundo sin libertad, es volverte tan absolutamente libre, que tu mera existencia sea un acto de rebelión*» —cito a Albert Camus y ella sonríe.

—Me alegra volver a verte, odioso.

—Igual a mí, fantasmita, pero ¿cuánto tiempo falta?

—¿Cuánto tiempo falta para qué?

—Para que desaparezcas como sueles hacerlo —susurro con la sonrisa de idiota tatuada, y al verla entiendo a Benedetti cuando escribió: *«La mitad de su belleza es su extraña forma de pensar»*.

—Eres muy raro.

—Muchas gracias.

—Me alegra que conozcas mis cumplidos, Nick. —Me guiña un ojo y me descubro nervioso, como si fuera un niño en su primera cita, con la diferencia de que solo estoy teniendo una conversación trivial con una chica. Segundos después, estamos tendidos en la grama observando las nubes, con nuestras hermanas y Rayo acostados con nosotros, en silencio. Y justo ahora, entiendo el significado real de dejar ir para encontrar.

Dos horas después estamos de vuelta en casa.

Ya las niñas han entrado y nosotros seguimos en el portal.

—¿Cómo te sientes ahora, Nick?

—¿En este instante?

—Justo ahora.

—Justo ahora, contigo en frente, me siento como si hubiese conseguido el trébol de cuatro hojas.

—¿Y eso qué significa para ti? —me pregunta.

—Significa que estás en mi lista de sueños por cumplir.

No responde con palabras, pero ninguno de los dos se mueve. Ella debería entrar y yo darme la vuelta y regresar a mi casa, pero sus ojos abrazan a los míos y van danzando en medio de la imposibilidad. Por unos segundos puedo sentir que nuestras almas se dicen mucho, a pesar de estar en silencio. Y se van todas las prisas, porque solo queremos quedarnos un poco más, y es lo que hacemos, hasta que la bocina desesperada de un coche nos saca de nuestra propia realidad.

Han llegado a buscarla y pasa de largo para montarse con el chico de cabello rojo, el que tiene toda la suerte del mundo por tener la oportunidad de estar con ella.

Seré paciente. Porque nunca se llega tarde a un amor que nació para ser tuyo. Él tiene hoy su oportunidad, mientras yo, seguiré creciendo y convirtiéndome en una mejor versión de mí mismo.

EL AMOR QUE TE ESTÁ DESTINADO
NO REQUIERE PRISA.
SIN IMPORTAR
LAS CIRCUNSTANCIAS.
TARDE O TEMPRANO
SE MANIFESTARÁ EN TU VIDA.

De mí, Para mí

Amor a Destiempo

Y ella estaba allí, en medio de los pensamientos de él.
Con miedo a abandonar algo que no había empezado,
y con terror de quedarse donde no encontraba certezas.

Ella con miedo a enamorarse;
él con pánico de volverse a entregar.
Ella pensaba que lo había encontrado tarde.
Él no se atrevió a demostrarle lo contrario.

Ella amaba lo que no podía decirle, como que
era lo último que pensaba antes de irse a dormir.
Él prefirió extrañar lo que nunca tuvo,
a olvidarse de los miedos y dejarse llevar.

Nunca se dijeron: «Durante todo el día te extrañé»,
pero sí que se echaban de menos.
Ella pensaba que era su destino, pero que,
como todo en su vida, había llegado a destiempo.

Él tenía la certeza de que,
a medida que se alejaban,
una pequeña parte de ellos,
los seguía acercando.

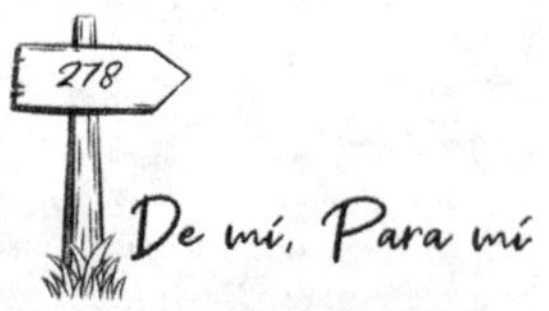

Se abren los caminos

He tomado muchos caminos, y todavía busco uno que me lleve a encontrar el mío. No me rindo. Agradezco cada caída, pues mis rodillas se han vuelto fuertes y mis pasos más firmes. No sé hacia dónde me lleve la siguiente dirección, pero apenas es el inicio de un nuevo comienzo.

Llegó el momento de alzar vuelo. Ya no me conformo y ahora me detengo a pensar antes de actuar. Soy paciente. No me desespero. No tomo decisiones apresuradas. No me comparo, porque no soy como nadie, mi tiempo es distinto y no tengo nada que demostrar.

A partir de ahora, sé que viene el mejor momento de mi vida. Lo presiento. Lo atraigo. Lo decreto. Se siguen abriendo los caminos. Aquello que soñé empieza a hacerse realidad. Me merezco el éxito. Me merezco esta transformación y estos cambios. Aquello que quiero sucede. A partir de ahora, mi comienzo está guiado por la determinación que tengo de que funcione.

NO IMPORTA
QUE NO SEA ETERNO,
PERO QUE SEA REAL.

LA MAGIA DE DEJAR IR

Ya ha pasado algún tiempo desde que te fuiste y hoy te suelto con esperanza, porque entiendo que la vida continúa, y que es necesario dejarte ir.

Entiendo que fui afortunado por tenerte en mi vida, y que no importa el tiempo, lo que importa es todo lo que vivimos mientras duró.

Tú y yo vamos más allá de las leyes físicas.

Tú y yo seguimos juntos aunque no nos podamos ver.

Por ahora, te veré en mis sueños y te abrazaré fuerte por todo lo que te extraño.

Nuestra historia no se desvanece, pero hoy he vuelto a sonreír, valorando el tiempo que vivimos juntos. Hoy me enfoco en soltarte porque nunca fuiste mía. Tú eres del universo y yo tuve la fortuna de poder compartir un breve espacio junto a ti.

No importa cuánto tiempo pase, nuestra historia siempre será capaz de hacerme sonreír.

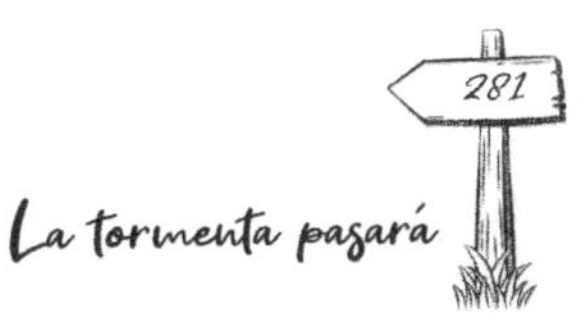

CARTA A MI NIÑO INTERIOR

Hoy quiero decirte algo que debí haberte dicho hace mucho tiempo: perdón. Perdón por todas las veces en las que no cuidé de ti. Por todas las veces en las que no te puse como mi prioridad, y por cada vez que te hice creer que no eras suficiente.

Me disculpo por esos momentos en los que te pedí que te callaras, cuando querías expresar tus emociones. O cuando te pedí que fueras fuerte, cuando necesitabas ser vulnerable. Perdóname por no abrazar tu dolor y dejar que te lo tragaras. Perdón por cada vez que permití que el miedo me llevara por caminos que no eran los mejores para ti.

Perdón por las ocasiones en las que permití que nos menospreciaran, esas en las que no defendí tus sueños y aspiraciones. Perdóname porque no siempre estuve allí para apoyarte, y durante mucho tiempo no confié en nosotros. Te ignoré mientras corría tras las expectativas de los demás y las responsabilidades del mundo adulto. No te protegí cuando debí hacerlo.

A partir de hoy, prometo escucharte, cuidarte mejor y recordarte que eres suficiente tal como eres.

POSDATA: Prometo que seré tu defensor, tu guía, pero sobre todo, tu amigo. Nunca más voy a descuidarte, ni hacer que te sientas inseguro. Tampoco pondré en segundo plano tus sueños. Vamos a trabajar juntos para convertirnos en una mejor versión.

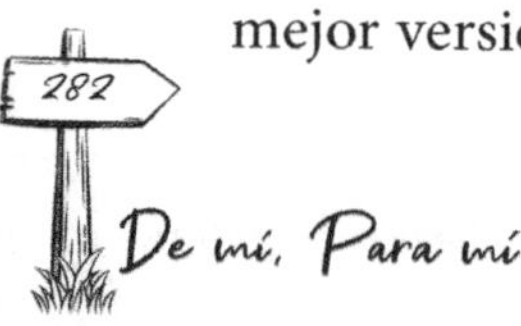

La valentía consiste en escribir tu propia historia. La sabiduría en tener la autocrítica suficiente para leer lo escrito, y decidir mejorarlo.

EL FINAL DE UN DESTINO - NICK Z.

Presente

Me encuentro en el puente de los candados, ese que me parecía ridículo porque todos venían a jurarse amor y al rato terminaban. Hoy me doy cuenta de que el amor sí puede funcionar, que no es tonto, que amar y pensar que será eterno es algo posible, porque la eternidad no se trata de tiempo, sino de significado.

La última vez que pisé este sitio lo hice con mi abuela, y ella puso un candado de amor hacia ella misma. Ese día me habló de la lealtad a nosotros, de hacerlo diferente y de no seguir al rebaño. Yo la miré con ternura, pero sin entenderla. Por fin entiendo sus palabras, y quiero compartirlas contigo que me has acompañado durante este tiempo. El final de un destino es el comienzo de otro, y allí es cuando te das cuenta de que te transformaste. Solo entonces empiezas a entender que el amor no es para huir de tus carencias ni para rellenar vacíos, y por fin comprendes que tu compañía no es soledad. Que puedes hablar con tu interior y puedes prometerte amor sin que sea algo raro o tonto.

Hoy pongo un candado y prometo amarme, ser fiel a lo que soy, no cambiar por otros, pero sí explorar en mis defectos para mejorarlos. Me hago la promesa de no estar con compañías vacías por miedo a estar solo. He llegado lejos, pero es solo el principio. Tú acompañaste mi instante y seguiremos juntos, estoy seguro de que esta no es una despedida. Nos volveremos a encontrar en el siguiente viaje de la vida.

RECUERDA: Las tormentas pueden derribar árboles, pero nunca tu espíritu indomable.

HOY ME HICE UNA PROMESA DE AMOR

Hoy, después de tanto,
por fin lo entiendo.
No puedo amar a otros,
sin primero amarme yo.

Querido viajero:

Quiero que sepas que nos volveremos a encontrar. Estaré contigo en los atardeceres, en la nostalgia, en la tormenta, y al final de ella. No será nuestro último encuentro. Estaré contigo cuando tengas miedo, porque entonces recordarás el viaje que hicimos juntos. Recordarás que es igual al proceso de una semilla, que, al germinar, enfrenta el temor de dejar atrás su forma original para dar paso a la planta que será. En ese momento, el miedo al cambio se convertirá en tu tormenta. Recordarás a esa oruga que hoy es una hermosa mariposa. Recordarás al león que siguió adelante porque superó sus miedos.

Cuando necesites con toda tu alma el secreto de la sabiduría, entonces recordarás esa hoja en blanco y el poder que hay en tu corazón. Recordarás la luz que tienes dentro, que en ocasiones se apaga, pero que solo tú tienes el don de encender.

Cuando los problemas te invadan y no veas el amanecer, recordarás la tormenta y que lograste salir de ella. Recordarás que el bien y el mal siempre han existido, y que se trata de prevalecer ante las tentaciones y decidir lo que creas correcto.

Cuando te sientas impaciente, recordarás la historia del bambú gigante y prevalecerá tu confianza ante la frustración, porque algunos crecimientos son silenciosos, y eso no significa que no estén pasando. Tu grandeza va más allá de lo que ves a simple vista, y tu crecimiento existe, aunque no lo puedas ver.

Posdata: *Es tu turno de llenar la hoja en blanco y escribir eso que siempre has querido decirte. Te corresponde hacer el final de este libro con una carta a ti mismo. Recordando que cada final es un nuevo comienzo y que un día nos volveremos a encontrar.*

DE: MÍ
PARA: MÍ

Agradecimientos

A mi madre que me cuida desde el cielo, y que nunca me ha soltado, que siempre ha estado allí incluso en mis momentos más oscuros. A mis hijos, Alana y Liam, que se convirtieron en mi motivación más grande, y en la luz de mi vida. A ellos, quiero que nunca olviden que, aunque estén perdidos, siempre podrán encontrar el camino para reencontrarse. Por más difícil que parezca, por más intentos fallidos, no importa cuánto se tarden, lo importante es disfrutar del camino y agradecer las pequeñas cosas. A veces no sucede de inmediato, otras no sucede como imaginamos, pero... el destino tiene preparado algo mejor. Cuando lean esto, no desistan. Hay sorpresas escondidas después del fracaso para aquellos que no dejan el camino a la mitad. Los amo infinitamente, gracias por cambiarme la vida.

También se los dedico a ustedes, a mis lectores que me han acompañado desde hace tanto tiempo y que siguen conmigo. Gracias por formar parte de mi vida y por dejarme acompañar la suya a través de mis letras.

Nacarid Portal.

A mi tía Eliza que me cuida desde el cielo, tú me enseñaste el verdadero valor de los momentos. Disfrutar contigo tus últimos días me enseñó la verdadera felicidad, el amor, la inocencia y la importancia de disfrutar los momentos efímeros que nos regala la vida.

A ti, que buscabas un refugio y lo encontraste en alguna de las líneas de este libro. Espero que hayas sentido ese abrazo que necesitabas mientras acompañabas la lectura.

A todas esas almas que nos encontramos en el camino misterioso de la vida, y que por alguna u otra razón no están con nosotros. Gracias por compartir este instante y por acompañarme a salir de la tormenta.

Chriss Braund.

Made in the USA
Middletown, DE
12 September 2024

60834796R00163